SCOTT
Efterdyningen

En bok av Mats Gustafsson

© Mats Gustafsson 2017
Förlag: BoD – Books on Demand, Stockholm, Sverige
Tryck: BoD – Books on Demand, Norderstedt, Tyskland
ISBN: 978-91-7699-572-3

Innehållsförteckning

Förord

Tack till er som gjort den här boken möjlig. Susanne Gustafsson, Ellinor Gustafsson och Kevin Ek som bidragit med goda råd och coaching samt Sandra och Magnus Junhammar som hjälpt till med upplägg och framtagning till tryck på förlag, vilket har bidragit till att boken verkligen blev av.

Deckaren du håller i din hand är skriven av Mats Gustafsson. Namn och karaktärer som finns med i boken är produkter av min fantasi och används i ett påhittat sammanhang. Varje eventuell likhet med verkliga personer, levande eller döda, är en ren tillfällighet.

Boken "SCOTT EFTERDYNINGEN" kan läsas som en fortsättning på "SCOTT PÅ HOTEL BOHEMIA" och boken som utkom först; "SCOTT 20SEXTON", men vill man läsa dem fristående möter det inga hinder. Utöver ovanstående böcker har författaren tidigare skrivit boken "GLAPP I RATTHÅLLAREN".

Jag hoppas att du finner god behållning av boken!

Kapitel 1

Scott vägde för och emot när han låg och grubblade tidigt på fredgsmorgonen. Polismästare Östen Karlsson hade ett par dagar tidigare bjudit hem honom och hans fru Louise på middag och undrat om han kunde tänka sig att jobba som infiltratör. Det var tänkt att det skulle gå till så att Scott som varit anställd på bussvårdsanläggningen en tid och kände till rutinerna väl på företaget, kunde agera som handledare åt de nyanställda. Dessa var nästan uteslutet nyligen frisläppta från ett kortare fängelsestraff och det var här som polisledningen tidigt ville få vetskap om det var någon av dem som tänkte falla tillbaka i brottslig verksamhet. Östen hade sagt att infiltratörs-verksamheten borde för Scotts del, kunna ske tämligen riskfritt. Enda faran för honom var egentligen om han försade sig eller att någon kom över hans inloggningsdata till polismyndigheten. Scott hade direkt känt sig motvillig till uppdraget men det som kanske skulle få honom att anta erbjudandet, var att han skulle få fem tusen kronor extra i månaden, efter skatt. Pengar som det fanns massor med hål att fylla dem med. Han tänkte först och främst på att kanske kunna flytta ut från stor-Stockholm nu när de snart skulle få tillökning i familjen. Louise och han hade nyligen fått veta att de skulle få en son någon gång i februari om allt gick enligt planerna. Ingen av dem ville att lille Jonathan, som de kommit överens om att han skulle heta, borde växa upp i en miljö fylld av en massa giftiga avgaser. Louise hade dock sagt att även om Scott tackade ja till erbjudandet så skulle det förmodligen dröja länge än, innan de kunde flytta till en bostad som de verkligen ville ha. Det skulle också dra med sig att de behövde byta bort sin gamla nerkörda Nissan Micra till något nyare, större och säkrare, samt att de förmodligen var tvungna att införskaffa en en hel del nya möbler. Tidigare under året hade Scott oväntat fått ärva pengar som han köpt en segelbåt för. Visst fanns det möjlighet att sälja den men det kanske inte behövdes om de kunde hitta en bank som såg att de hade den som en buffert och extra tillgång, ifall exempelvis räntorna skulle gå upp. Både Scott och Louise var ytterst ovilliga att göra sig av med segelbåten för den hade redan gett dem så många sköna stunder. Det var en sådan otroligt härlig känsla att lossa tamparna vid bryggan och bege sig ut i skärgården! De insåg att det förmodligen var förenat med en hel del merjobb att ta med en liten bebis på turerna kommande säsong, men det var något som med lite extra planering säkert skulle lösa sig. Scott förundrades över, att trots att de inte hunnit vara ute speciellt mycket den gångna sommaren, så kände han ändå sådan tillfredställelse med båtlivet. Efter lite funderande kom han fram till en förklaring som han tyckte var rimlig. Den gick ut på att stunderna som de njöt med segelbåten inte bara innefattade tiden som de egentligen var ute på sjön med den, utan även tillfällena de redan varit ute. Och kanske allra mest, tänkte han efter ett tag, stunderna som väntade på dem framöver! Scott visste att även hans fru Louise såg fram emot nästa båtsäsong. Det märktes även på Henrik, deras blodhund, att han älskade båtlivet. Om det berodde på sjöluften eller att han fick utforska nya öar nästan varje gång visste inte Scott. Troligare var kanske att Henrik tyckte om att hela tiden få vara tillsammans med husse och matte.

Klockan var bara fyra på morgonen när Scott återigen kunde höra tidningsbudet i trappuppgången. När han precis tänkte gå upp för att hämta tidningen i brevinkastet bestämde han sig för att vänta lite till. Han hade ju fått tills idag på sig att fundera på om han skulle säga ja eller nej till Östen. Innan han gick upp hade han lovat sig själv, skulle han ha bestämt sig. Det som till slut fick honom att bestämma sig var att polismästaren lovat att det inte var någon uppsägningstid för uppdraget. Scott kunde när som helst meddela att han ville sluta som infiltratör, om han kände att det fanns skäl till det. Han kände sig lättad när han slutligen hade bestämt sig för att tacka ja till erbjudandet. Han tänkte ett slag på om han skulle lägga en påminnelse i telefonen om att han skulle meddela Östen när han kom hem från jobbet, men log lite för sig själv åt tanken och kom fram till att det inte behövdes. Ett sådant viktigt och betydelsefullt beslut visste han att han inte skulle glömma att meddela.

Anton Svensson hade fötts exakt på samma dag, den fjärde april, fast fem år senare än sin bror Anders. Trots åldersskillnaden så hade de framförallt efter de struliga skolåren, haft ganska god kontakt. Båda hade varit rejält motorcykel-intresserade, levt singel och gärna tagit dagen som den kom. Fanns det genvägar att ta för att få det bättre, även om man bröt mot lagen, så hade det varit deras melodi.

Senaste veckan hade Anton dock levt i ett konstant rus orsakat av minst en helflaska vodka varje dag, allt för att dränka sin sorg och försöka komma över chocken han drabbats av.

Upprinnelsen till allt var att Anders hade ringt honom en måndagsförmiddag och bett om hjälp. Anders hade berättat att han inte riktigt litade på ett par som han gjort en affärsuppgörelse med, och som han nu skulle få pengar av. Tanken var inte att Anton skulle agera som någon sorts livvakt, utan mer på lite avstånd se så att allt gick schysst till. För att inte bli upptäckt föreslog Anton själv att han kunde spana från sin volvo-kombi som var försedd med tonade rutor vilket gjorde det nästan omöjligt att se in i den, förutom i framsätena. Om man däremot befann sig i bagageutrymmet, och tittade ut därifrån, var risken att bli upptäckt i det närmaste obefintlig. I god tid hade Anton kört ner och parkerat på en plats där han borde kunna överblicka det hela. Det var visserligen nästan trettio meter ifrån hörnet där Anders skulle möta de två, men det var ingen risk att sikten skulle skymmas av något annat parkerat fordon. Det enda problemet var att belysningen var trasig där de stämt träff, så detta tillsammans med de tonade rutorna i bilen, gjorde att han troligtvis bara skulle kunna se konturerna av dem. Han hoppades att hans ögon hann

5

vänja sig lite vid den bristfälliga belysningen tills det var dags. Anton hade hajat till när han sett en polisbil komma in och parkera precis där de stämt träff. Snabbt hade han skickat ett meddelande till Anders för att kontrollera om det verkligen var ett par snutar han stämt träff med. Till svar hade han fått att så var fallet och att det vore bra om han kunde åka med Anton därifrån sedan så han slapp att ta tunnelbanan.

Anton anade att de båda poliserna ätit lunch när de kom tillbaka lite före klockan ett. Några minuter senare hade hans bror kommit gående till platsen och det var nu det mest fasansfulla Anton någonsin beskådat hade utspelat sig. Kyligt och kallblodigt hade polismännen utdelat var sitt batongslag mot Anders som utan tvekan hade inneburit en ögonblicklig död. Anton hade sedan sett att de muddrat hans ihjälslagna broder innan ambulans hade anlänt till parkeringsgaraget. Snutarna hade sedan gått med starka ficklampor och lyst in i fordonen för att se om det fanns vittnen till händelsen. Inte sedan söndagsskolan hade Anton bett en bön till en högre makt, men nu hade han gråtande bett för sitt liv för att han inte skulle bli upptäckt. Efter vad han sett vad de gjort med hans bror förstod han att de utan minsta tvekan hade slagit ihjäl honom med, om de fick veta att han iakttagit dem.

Anton visste innerst inne att han var tvungen att försöka komma tillbaka till det hyggligt nyktra liv han brukade leva, för att kunna tänka klart på vad han skulle göra. Problemet var dock så djupt att det kändes helt omöjligt för tillfället. Så fort ruset började gå ur kroppen så kom ångesten och oron och lamslog hans hjärna. Det enda som tillfälligtvis verkade lindra bekymren var stora mängder starksprit. Som det nu var, förstod han att han var väldigt sårbar om det på något sätt skulle uppdagas av poliserna att de varit iakttagna av honom. Anton visste med sig att han brukade babbla mer än i vanliga fall när han fått sprit i kroppen. Han försökte isolera sig från sina vänner, men de var hela tiden på honom och undrade hur han mådde egentligen. De visste att han brukade sköta sitt jobb bra på IKEA:s centrallager i normala fall och ägna sig åt att festa och supa enbart på helgerna.

Anton hade kommit fram till att han bara hade två val. Antingen sjunka längre ner i missbruket och kanske till och med använda narkotika. Detta skulle med stor sannolikhet leda till att han var död inom en snar framtid. Det andra alternativet var, att på något sätt låta poliserna få sona för dödsmisshandeln av hans bror. Att anmäla dem kändes utsiktslöst. Det var ju otroligt nog uniformerade poliser som slagit ihjäl Anders, så vem skulle tro på vad han sade, tänkte Anton. Återstod då att på egen hand ta tag i problemet och likvidera poliserna för att på så sätt upprätta sin brors heder. Anton hade aldrig begått ett så grovt brott tidigare och visste inte om han klarade av det mentalt.

Markus som var en av poliserna som slagit ihjäl Anders med sin batong, hade också mått riktigt dåligt efter händelsen. Det hade också blivit betydligt värre av att hans fästmö hade varit kidnappad och misshandlad av några typer som han ännu inte riktigt visste vilka det var. Hans kollega Jonas, som varit med vid dödsmisshandeln av Anders Svensson, hade dock antytt att det fanns vissa spår som var värda att följa upp. Jonas hade fått ett anonymt tips som pekat ut vilka som troligtvis varit inblandade i Markus fästmö Maries öde. Marie var förmodligen den som mådde allra sämst av dem, efter flera dygn i fångenskap utan mat. Viss lindring hade hon fått av Jonas fästmö som var utbildad psykolog, men hon vaknade fortfarande upp genomsvett på nätterna på grund av mardrömmar hon fått efter händelsen.

För att på något sätt försöka komma ifrån de destruktiva tankarna de hade, så bokade Markus in en hotell weekend på Marina Plaza i Helsingborg. Det fina var att det gick att åka buss dit istället för att ligga och åka med deras törstiga volvo. Dessutom kunde det vara skönt att åka över till Helsingör och äta och dricka utan att behöva tänka på att man var tvungen att vara nykter för att kunna köra hem.

Efter en snabbdusch och frukost tog Scott och Louise en liten promenad med Henrik. Det var inte alltid som båda gick ut med hunden på morgonen, men nu när det var fredag och helg snart, kändes det som att det var ett bra tillfälle att planera lite vad de skulle göra. Louise var ledig både lördag och söndag från snabbköpet där hon jobbade. Scott kände sig riktigt nöjd över att ha fattat beslutet som skulle ge ett rejält tillskott i kassan och tyckte att det var väl värt att fira. Av polismästare Östen Karlsson hade han fått uppmaning om att inte säga något om infiltratörsjobbet ens till sina allra närmaste vänner. Scott såg inte det som något stort problem alls.

Mycket berodde det på att han egentligen inte direkt kände att han hade några vänner. Den enda person som han utöver sin fru kände att han kunde lita på, var sin storebror Henrik i Nyköping. Henrik hade särskilt efter deras lillebrors död under sommaren öppnat upp och anförtrott sig och berättat om problem som han hade för Scott. Det hade varit om hans övervikt, spritproblem och en knakande relation med sin fru Maria. Scott hade ibland bara lyssnat på honom när han inte visste vad han skulle svara. Och det var precis detta som Henrik hade behövt, hade han sagt. Ibland fanns det inga svar på problemen som dykt upp, utan det enda som var till hjälp var att han fått dela med sig av sina svårigheter. Scott hade tagit sig tid att finnas till hands och bara lyssnat på vad Henrik hade haft att säga.

Scott var säker på att han kunde berätta för Henrik om polismästarens erbjudande utan att han förde det vidare till någon, men såg i dagsläget inte något skäl till att göra det. Men om han fick problem med något framöver så tvekade han inte att snacka med Henrik om det.

Louise föreslog att hon kunde köpa med någon bra DVD-film från jobbet och något gott att äta till helgen. Först hade hon tänkt att de skulle gå på bio och sedan äta ute, men höll de på så hela tiden skulle de aldrig få råd att byta bostad, oavsett om Scott fick mer i lön. Scott tyckte det var en bra idè och sade att för hans del så fick gärna Louise välja vilken mat som helst. Fast det får ju gärna vara något köttigt, tillade han efter lite funderande. Louise log för sig själv utan att säga något, hon visste mycket väl att Scott inte var mycket för vegetariska rätter. "Man ska inte ta maten från kossorna, låt dem få ha den för sig själva"; hade han sagt när de diskuterat senast om vad som var lämpligt att äta, mindes Louise som istället gärna åt sallader av olika slag.

-Det får bli tacos, föreslog hon, och Scott tyckte att det var ett bra förslag. Då får man välja själv vad man vill lägga i dem, tänkte båda och var nöjda.

Scott sade också att det snart var dags att lyfta upp segelbåten för säsongen och att det kanske var läge att plocka ur sängkläder och lite annat ur den någon gång under helgen. Henrik hade lovat att komma upp om ett par veckor och hjälpa till med rigg och täckning av båten. Under tiden tänkte Louise titta på grejer till bebisen som Maria skulle ta med som blivit liggande i en garderob sedan deras tvillingar för länge sedan vuxit ur dem.

När Scott en liten stund senare cyklade till jobbet, rös han som vanligt till vid en speciell plats halvvägs till jobbet. Det var inte så länge sedan han blivit rånad på platsen, men det kändes inte som om det var det värsta. Det som istället hade satt djupa spår i Scott var att en civilklädd polis avlossat ett skott med sin pistol som dödat rånaren. Om kulan verkligen var ägnad åt Abdullha, som han hette, eller för honom själv var inte klarlagt. Scott kunde hur som helst inte förtränga den hemska synen han mindes av händelsen, när han sett den blott fjortonårige killen mördas alldeles intill honom. Han cyklade sedan det inträffade så snabbt han kunde förbi platsen för han kände ett sådant obehag just där. Väl framme på jobbet fick han veta att det efter förmiddagsrasten var inplanerat ett informationsmöte angående omorganisationen som var på gång. Niklas Ohlsson som var förman på bussvårdsföretaget, bad Scott att komma in en sväng till hans kontor när det passade, bara det blev innan mötet.

-Jag kan komma in direkt, så har vi det gjort, sade Scott, som anade vad det gällde. Och precis som han trodde så var det att han skulle vara handledare för de som anställdes vid företaget. Även de som kom från övriga anläggningar i Stockholm och skulle läggas ned, skulle få en enskild introduktion av Scott. Detta skulle innebära att han inte kunde utföra sina vanliga arbetsuppgifter mer än till runt femtio procent, vilket Scott inte såg som någon nackdel. Scott kände redan av värk särskilt i handleder och rygg av busstädningen. Han trodde själv att hans kroppsbyggnad hade viss del av förklaringen till detta. Scott hade en kroppslängd på nästan etthundranittio centimeter, vilket gjorde att han ibland hade svårt att få plats i bussarna och städa.

Kapitel 2

Klockan var snart tolv på anstalten där Mohammed satt, så det var lunchdags inom ett par minuter. Efter maten var det besökstid, och han visste att hans äldre bror Rafael skulle komma. Mohammed vantrivdes på anstalten och hoppades att han på något sätt skulle kunna komma därifrån. Rafael hade dock antytt vid sitt tidigare besök att en rymning var förenad med stora svårigheter. Risken var stor att den avslöjades, och då kunde Mohammed räkna med att få sitt straff förlängt. Dessutom var risken överhängande att de som hjälpte till vid fritagningen, också skulle fängslas.

Mohammed avskydde att stå i matkön och vänta på sin tur. Övriga interner hade gjort honom till en hackkyckling och han fick ofta slag och sparkar utan att några av vakterna tycktes ta någon notis om det. Värst tyckte han dock var, alla fula ord han blev kallad. En gång kanske inte hade spelat så stor roll, men att matas med glåpord och hot hela tiden höll på att knäcka honom totalt. Mohammed hade trots all skit han fått ta, gjort en hyggligt noggrann kartläggning av vilka som var värst. Om han inte visste deras rätta namn så hade han i vart fall antecknat vad de kallades och speciella kännetecken. Det var bland annat om ärr, tatueringar och vad de hade för kroppsbyggnad. Mohammed var fast besluten om, att fick han någon gång i framtiden möjlighet att hämnas på dem, så skulle det ske. Efter sedvanlig visitation fick Rafael träffa Mohammed. Det var i stort sett omöjligt att få in något till internerna, för det skilde hela tiden en tjock glasskiva mellan dem där de satt vid varsitt bord med händerna uppe på det. Mohammed hade hört att det gjorts ett fritagningsförsök på avdelningen ett par år tidigare, då en besökande lämnat en kraftg sprängladdning under bordet när han gått därifrån. Bomben hade dock upptäckts av en slump och kunde desarmeras innan det var för sent. Sedan dess var vakterna ytterst noga med att alla skulle ha sina händer synliga under hela besöket. Rafael såg uppgiven ut när han mötte sin brors blick.

-Som du säkert förstår så är det nästan omöjligt att få ut dig härifrån, jag har undersökt olika sätt, men inget verkar helt genomförbart. Har du någon idè själv? frågade Rafael.

-Det kan väl inte vara så jävla svårt, fräste Mohammed som tappat tålamodet. Pressa ett par plitar genom att dödshota deras fruar och barn, fortsatte han. Fungerar inte hoten får ni väl verkställa dem, tills de ger med sig, tillade han. Rafael tittade med spänd blick rakt in i Mohammeds desperata ögon. Han förstod att en fritagning var enda lösningen, och den måste ske snarast.

Precis när Scott slutat för dagen och kommit ut till cykelstället tog han fram sin mobiltelefon för att ringa Östen Karlsson. När han letat fram hans nummer hörde han plötsligt några röster alldeles bakom sig. Han trodde att han varit sist ut från arbetsplatsen, men så var tydligen inte fallet. Scott stoppade snabbt ner mobiltelefonen i fickan igen medan han satte sig på

13

cykeln. Jag får ringa Östen på vägen hem tänkte han, under tiden han sade trevlig helg till de som kommit ut efter honom. När Östen hörde vem som ringde, frågade han direkt om det var ett ja eller nej som var aktuellt. Det var tydligt att han förutsatte att de var avlyssnade och därför inte ville ha något sagt på telefon som kunde skapa problem framöver. När polismästaren hörde att det var ett ja som gällde, tackade han och bad att få återkomma efter helgen innan de lade på. Just när Scott skulle stoppa tillbaka sin mobiltelefon igen, ringde det på den. På nummerpresentatören stod det att det var Klas. Scott hade fått hjälp av Klas några veckor tidigare med att spåra en person som hotat honom och fick genast lite dåligt samvete för att han inte gjort rätt för sig. Han hade visserligen erbjudit Klas att han gärna fick följa med ut och segla, men det skulle förmodligen inte bli förrän till nästa sommar. När Klas berättade att han och några personer till behövde lite hjälp av Scott så erbjöd han sig direkt utan att fråga vad det gällde. Klas sade att de kunde ses om några dagar så skulle Scott få veta vad det rörde sig om. När de lagt på blev Scott lite orolig för vad det kunde vara. Han hoppades att det inte var något alltför olagligt som han nyss erbjudit sig att stå till tjänst med och helst av allt hade han träffat Klas redan nu för att få klarhet i det. Scott beslöt att skjuta problemet till kommande vecka efter att han försökt ringa upp Klas igen men blivit frånkopplad. Han bestämde sig direkt för att inte säga något till Louise om samtalet, för han visste att hon tyckte illa om Klas sedan tidigare.

Det var bara ett par hundra meter från Marina Plaza som veckoslutsbussen släppte av dem. Både Marie och Markus hade sovit stora delar av resan och kände sig lite dåsiga när de reste på sig för att kliva av. Markus var glad över att han kunnat sova ifatt lite, den gångna veckan inom polispiketen hade varit hektisk. Att hans fästmö också slumrat mest hela vägen berodde förmodligen på alla lugnande tabletter hon börjat trycka i sig. Hon hade tidigare helt klart varit motståndare till en massa mediciner, men hade ändrat sig när hon märkt att det ibland var det enda som tycktes hjälpa. Så fort de kom ut i friska luften piggnade de till snabbt och gick med raska steg med sina rullväskor till hotellet. När de checkat in på hotellet tänkte de gå ut och äta någonstans. Om det blev diskotek, en film eller hänga i någon bar sedan, hade de inte bestämt ännu. De fick se vad de kände för när de varit på restaurangen, hade de kommit överens om.

Anton Svensson mådde så illa att han kände att han behövde spy. Han hade inte varit helt nykter på över en vecka men reagerade ändå på att han trots allt hulkande inte fick upp något. Förutom den förbannat sura magsaften som tillsammans med halsbrännan gjorde att han fick ett raseriutbrott. När han kom tillbaka från handfatet, där det till allt elände hade blivit stopp, fick han en syn som fick honom att slutligen bestämma sig. Av någon anledning hade han missat att skruva på kapsylen på den nyss påbörjade vodkaflaskan, så att all sprit nu hade runnit ut i hans soffa. Anton hade för mindre än en månad sedan fått soffan hemlevererad

15

från Mio, men nu var det ljusa tyget helt förstört och det syntes att det inte skulle gå att få den fin igen. Eftersom det var fredagskväll och systembolaget nyligen hade stängt, så var det omöjligt att få tag på mer sprit före lördag klockan tio, vilket gjorde valet ännu lättare.

För att bli lite klarare i skallen bryggde han på en rejäl balja med starkt kaffe och hoppades att det skulle hjälpa mot huvudvärken också. När han en stund senare satt i köket och fikade funderade han samtidigt på hur han skulle gå till väga för att hämnas. För Anton var det uppenbart att det var poliserna som stämt träff med hans bror Anders, som hade misshandlat honom till döds.

Några riktigt goda vänner som han kunde lita på till ett sådant här uppdrag visste han att han inte hade. Visserligen var han säker på att han inte hade några snutvänner i sin bekantskapskrets. Men att de skulle gå så långt att de skulle kunna tänka sig att hjälpa till med att likvidera ett par rötägg till snutar, det visste han att ingen av dem skulle ställa på. De var alla en samling pratkvarnar som gärna snackade, men när det verkligen gällde, var det inget att luta sig mot.

Anton kände sig bättre till mods efter att ha fått i sig lite kaffe, däremot märkte han att magen inte alls var med på noterna. Han bestämde sig för att det fick vara slutsupit på ett tag och dessutom var det läge att börja äta lite ordentligare. Trots att han befarade en grym baksmälla på lördagsförmiddagen efter allt drickande, skickade han ett textmeddelande till sitt arbete att han kunde jobba extra under helgen. Han hade redan tappat ett antal tusenlappar på att vara hemma från IKEA-lagret för att han varit sjukskriven, men räknade med att kunna jobba igen en del på det här viset. Anton visste att för att kunna lösa sitt uppdrag, så behövde han bra utrustning som skulle komma att kosta en del. Inköpen var dessutom tvunget att ske så dolt som möjligt, för att inte väcka någons misstankar mot honom. Det handlade om ett riktigt effektivt och bra skjutvapen, men även lämpliga kläder och en bra flyktväg. Minst en alternativ plan och ett förrekogniserat gömställe skulle också öka chanserna till en lyckad operation. Kunde han på något sätt få ett trovärdigt alibi för tilfället, så var det ett plus. Anton tänkte inte göra misstaget att exempelvis lämna något med fingeravtryck eller ens något DNA-spår på platsen. En vän han hade, visste han hade haft sin mobiltelefon påslagen vid ett brott som han begått, och hade därmed bundits till ett överfall.

Anton kände sig upprymd av spänningen som infann sig hos honom, samtidigt som han befarade att allting kunde gå snett och misslyckas. Han hade dock kommit så långt att han kände att han inte kunde ha det ogjort, han skulle aldrig kunna leva med gott samvete om han lät allt flyta ut och låta Anders mördare gå fria och ostraffade. Han befarade att det kunde innebära ett riktigt långt fängelsestraff om han blev gripen, men det kändes som att det var värt det. Han skulle på samma gång få många att se upp till honom när han tagit lagen i egna händer och sopat undan två snutar.

Marie var glad åt Markus idè att komma bort från Stockholm över helgen. På väg till någon restaurang gick de förbi en biograf som visade en film som de gärna ville se. Det var en skräckfilm som hette Patient Zero och den började klockan halvtio. När de hittat ett ställe som serverade italiensk mat, bestämde de sig för att gå in där, för det var något som de båda var sugna på. De beställde in en karaff med rött vin till, som hade rätt temperatur och smakade bra.

Markus sade att de kanske kunde göra en utlandssemester till vintern. Marie tyckte att det var en underbar idè men undrade om de verkligen hade råd, för hon visste att Markus tyckte att de skulle byta bil snart också.

-Jo, men det känns som vi verkligen skulle behöva komma bort en vecka och bara njuta. Han tänkte dock inte berätta att han nyligen blivit femtiotusen kronor rikare genom att muddra en typ som Jonas och han slagit ihjäl. Markus hade definitivt tänkt sig en solsemester till ett varmare land, men innan han hann säga det, avbröt Marie honom och sade:

-Det skulle vara underbart att resa till alperna och åka skidor, det skulle jag verkligen tycka vore kul, utbrast hon och det syntes lång väg hur mycket hon redan såg fram emot det.

Det här var inte alls vad Markus var inställd på men han förstod att det bara var till att kränga på sig pjäxorna och åka skidor och hålla god min, istället för att njuta av drinkar i en solstol. Han visste att det var viktigt för Marie att få göra sin drömsemester för att komma tillbaka från sjukskrivningen till arbetet igen. Filmen som de valt var inget som föll någon av dem riktigt i smaken. Visserligen var alla effekter riktigt bra gjorda, men hela berättelsen

kändes alldeles för overklig. Knappt två timmar senare
när de kom ut från biosalongen kom Marie med ett
förslag som förvånade Markus lite. Istället för att gå till
hotellet och sova så tyckte hon att de skulle gå till någon
pub eller dansställe och ta några öl. De behövde knappt
gå hundra meter innan de hittade ett ställe som såg
lovande ut och där det verkade vara lagom mycket folk.
De dansade och drack och vinglade in på Marina Plaza
lite efter klockan fyra på morgonen. Innan de lade sig för
att sova satte Markus larmet på klockan nio för han ville
absolut åka över till Helsingör under lördagen medan
affärerna hade öppet.

Louise hade bjudit sin mamma på fika lördag förmiddag,
vilket Scott var måttligt road av. Han hade egentligen
inget direkt emot henne, men såg här ett tillfälle då han
kunde söka upp Klas och få reda på vad han hade för
planer och vad det var som han behövde hjälp med.
Efter att Scott försökt nå Klas via telefon åtskilliga
gånger men blivit frånkopplad varje gång, fick han ett
textmeddelande om att de kunde ses hos Klas lördag
vid elva. Då skulle han få veta i stora drag vad det var
som han behövde hjälpa till med. Någonstans inom sig
kände Scott redan att det här inte var en helt laglig
operation. Han blev nu ännu mer misstänksam när Klas
inte ville berätta på telefon vad som var på gång.
Lördagsmorgonen vaknade paret Scott tidigt och ingen
av dem kände att de hade ro att ligga kvar och dra sig.
När klockan passerat sju gick Louise upp och gjorde
frukost medan Scott tog en promenad i parken med
Henrik. Ett fint duggregn gjorde att Scott ångrade sig att

han inte tagit sin keps på sig innan han gick ut. Han hade inte mer än ett par millimeter hår på skallen vilket nu gjorde att varenda liten droppe fick honom att rysa till av obehag och olust. Att det dessutom blåste rejält i vindbyarna som kom norrifrån, förstärkte bara hans önskan om att få vara nere på Gran Canaria igen, och deras drömställe, Hotel Bohemia. Tankarna på deras bröllopsresa dit nyligen fick honom att tillfälligt förtränga det svenska skitvädret och han kom på sig själv när de kom in genom porten att han inte tänkt på duggregnet mer medan de varit ute.

Louise hade redan gjort en sockerkakssmet och satt på ugnen för att ha något hembakat till förmiddagsfikat med sin mamma.

-Jag har faktiskt fixat en form till dig att ta med till Klas, sade Louise medan han tog av sig sina skor och torkade Henrik med en frottèhandduk.

-Det var hyggligt, svarade Scott som försökte låta så entusiastisk som möjligt åt hennes idè. Egentligen var han inte alls sugen på att ta med något hembakat till mötet klockan elva. Det var ju för helvete inget kafferep han skulle på, tänkte han och hoppades att det inte var fler på plats hemma hos Klas, för då kunde det bli hur pinsamt som helst.

När Louises mamma kom klockan tio var Scott fortfarande kvar hemma. Han hade kommit på att det var ett gyllene tilfälle att fråga om det var möjligt att klä om båtdynorna under vintern. Eftersom företaget som mamman arbetade på höll på med sådant, så skulle det inte möta några hinder. Hon ville dock ta alla mått själv och sade att det kunde bli aktuellt att byta ut skumplastdynorna samtidigt. Scott berättade att de skulle ta hem dynorna snart, kanske på söndag, innan segelbåten skulle upp på land. Sedan skulle hon kunna fixa till dem när det passade, bara de blev färdiga till sjösättningen i början på maj kommande vår. När Scott precis stängt ytterdörren för att gå till Klas öppnade Louise den och ropade på honom.

-Nu höll du på att glömma sockerkakan som du skulle ta med till Klas!

-Ja visst ja, tack, sade Scott när han fick gå tillbaka några steg för att hämta tygkassen med den.

Scott hade tänkt att han skulle låtsas glömma den hemma för att slippa ha med den till Klas, men det sket sig fullständigt nu. Ett slag tänkte han ge den till en tiggare som han passerade, men insåg att det var väldigt taskigt mot Louise. Han skulle också ha svårt att ljuga ihop något om hon sedan frågade om sockerkakan var omtyckt.

När han kom fram till Klas visade det sig att det var fyra personer till förutom Klas i lägenheten. Scott lät snabbt blicken vandra över församlingen och såg genast att det inte var några chefsämnen bland dem precis, snarare verkade det som om samtliga hade ett ganska hårt liv bakom sig. När de fick se att Scott hade en kaka med sig utbrast en av dem:

-Perfekt att vi fått en bagare i gänget, Sätt på kaffe för tusan, sade han och sträckte sig fram mot Scott för att ta emot den runda sockerkakan. Med sina tatuerade grova händer bröt han isär den i sex ungefär lika stora bitar och delade ut dem. Klas vattenkokare var effektiv och man hörde redan att vattnet sjöd i den. Pulverkaffet som

21

erbjöds var helt okej och alla tyckte fikat smakade bra. Scott var ganska lättad över att han inte blivit utskrattad åt det han hade haft med sig, men var ändå lite spänd på vad det var för något som det var tänkt att de skulle göra gemensamt. Om några minuter skulle han få veta vad allt handlade om, men än så länge var det fika som gällde.

Det var som om Anton fått extra energi av att ha en så här viktig handling framför sig. Han tog alla extra pass han kunde få på arbetet för att dels få in lite extra pengar, men också kunna ta en del kompensationsledigt framöver. Av en kompis hade han fått veta att det var ganska lätt att få tag på ett skjutvapen med de prestanda som han ville ha. Ville man införskaffa ett som var ännu mindre risk att man kopplades till, så var det Malmö som gällde. Med en tillräcklig summa pengar fick man lätt någon vapensäljare att tiga som muren. Ofta behövde man inte ens öppna munnen till någon om vad man ville ha, utan man visade bara en bild på ett vapen så fick man det inom ett par timmar. I Stockholm spreds rykten däremot fort och det var oftast någon som sett något, så där var det lätt att en vapenköpare spårades. Anton tittade lite på vad en tågbiljett kostade tur och retur till Malmö och funderade på när det kunde vara lämpligt att åka. Han såg att det verkade finnas gott om avgångar de kommande helgerna när han plötsligt kom på en sak. Om han av någon anledning blev misstänkt för att ha fimpat snutarna, så gällde det ju att ha ett bra skäl till varför man hade åkt till Malmö. Det var förmodligen allmänt känt av polisen att brottslingar tog sig till Skåne för att inhandla vapen, så det gällde att förekomma det problemet på något sätt, tänkte Anton. Efter en stund kom han på att han behövde lite delar från en motorcykelbutik i Malmö. Han brukade beställa en del därifrån men hade gärna besökt dem och tittat på allt de hade i butiken. Passade han på att köpa något där till sin motorcykel och drog sitt betalkort och fick ett kvitto, så borde det verka väldigt oskyldigt kom han på och log för sig själv. När han lagt ifrån sig mobiltelefonen på soffbordet försökte han tänka så klart han kunde. Huvudvärken och illamåendet skulle han få dras med i minst ett dygn till, men sedan visste han att det brukade ge med sig. Anton tyckte att det var bra att det såg ut att lösa sig med skjutvapen hyggligt smidigt och funderade på vad det var mer som han behövde. Han kom på att det vore bra att göra en lista på inköp som behövde göras. Vanligtvis skrev han sådant under anteckningar på sin telefon, men kom på att det var bättre med en lapp i det här fallet som han sedan bara kunde förstöra genom att elda upp den. Avsikten var att skjuta Markus och Jonas samtidigt på ett inte alltför kort avstånd. Anton tänkte att det nog skulle kännas betydligt enklare om han inte på nära håll såg vad hans kulor hade åsamkat. Dessutom, om operationen på något sätt inte lyckades fullt ut, så skulle han få ett längre försprång att fly ifrån platsen. På något sätt tänkte han försöka få det gjort utanför staden för att inte bli störd av någon utomstående.

Kapitel 3

När Rafael stegade ut från anstalten där hans yngre bror Mohammed satt inspärrad, tyckte han att det var skönt att komma ut i friheten igen. Han hade ju bara hälsat på brorsan därinne en halvtimme, men kände ändå redan att han själv aldrig skulle stå ut med förhållandena som Mohammed var utsatt för. Rafael bestämde sig för att samla ihop sitt gäng och planera hur en fritagning skulle gå till. Förmodligen var det lämpligast att dödshota ett par vakter först för att se om det räckte. En av Rafaels bekanta var väldigt skräckinjagande och var nog en lämplig person för handlingen, tänkte han medan han satte sig i bilen och började åka därifrån. Gick det sedan att få anstaltsläkaren att säga att Mohammed måste föras till ett sjukhus och opereras för exempelvis brusten blindtarm, så borde det med god planering vara fullt genomförbart. Det var särskilt viktigt att han och hans närmaste män hölls utanför operationen när den genomfördes, för de skulle snabbt bli huvudmisstänkta, tänkte Rafael. Polisen tog ofta för givet att släktbanden som fanns i Mohammeds kultur var väldigt starka, vilket man inte kunde klandra dem för, tänkte Rafael vidare. Det gjorde hela fritagningen mer svår att genomföra, men på något sätt var det tvunget att lösas.

Exakt klockan nio startade larmet på Markus mobiltelefon. Han kände att han hade var i ögonen och

fast han försökte så gick det knappt att få upp
ögonlocken. Om det berodde på för få timmars sömn
eller något annat visste han inte. Efter duschen han
tänkte ta skulle han veta, och innan dess var det ingen
anledning till oro. Ibland brukade hans fästmö få hem
smittor och annat skit i från förskolan som hon arbetade
på, och han hade tidigare fått ögoninflammation från
ungar där, vars föräldrar inte hade vett att hålla dem
hemma när de var smittbärare. Nästan med en gång
kom dock Markus på att det var uteslutet att Marie hade
smittat honom, hon hade ju nämligen varit sjukskriven
senaste tiden.

-Vad tusan är klockan? hörde han sin fästmö yrvaket
fråga.

-Lite efter nio och jag är utsvulten! svarade Markus, som
föreslog att de skulle duscha och sedan gå ner till den
väntande frukostbuffén. Han visste sedan tidigare besök
på hotellet att där bjöds på allt från våfflor till flera
sorters sill. Åt man en stadig frukost där, så stod man sig
länge innan man kände att man ville ha mat igen.

Marie kände sig hyggligt pigg efter den långa och varma
duschen och Markus var tacksam för att problemen med
ögonen var borta. Han tänkte att även fast det var
ganska molnigt så skulle han ta på sig sina solglasögon
när de åkte över till Helsingör. Dels kunde det mycket
väl klarna upp och dessutom var han sådan att han
gärna stod ute på däck för att se så mycket som möjligt
vid överfärden. Vanligtvis brukade det blåsa då, och
antagligen kunde solglasögonen skydda en del mot
vinden åtminstone. Marie behövde lång tid på sig för att
ens bli halvnöjd med sitt hår, och Markus hade svårt för

att hålla tålamodet och inget säga. När hon äntligen var färdig tyckte Markus att hon såg ut precis som när hon steg ur sängen före duschen en stund tidigare, men fann det bäst att vara tyst. Redan när de kom in i hissen såg de genom de stora glasfönstrena att det var fullt med folk i restaurangen som hade extremt öppen planlösning. Efter lite letande hittade de ett bord där det fanns två lediga platser mitt emot varandra. Tyvärr fanns inga brickor att hämta allt man ville ha med på en gång, utan man fick istället gå flera gånger för att få med det. Efter sex vändor var äntligen Markus nöjd och de kunde börja äta. Kaffet hade redan hunnit bli pissljummet och köttbullarna med äggröra likaså. På det hela taget tyckte de dock att det smakade förträffligt, men fick han någon frågeenkät efter hotellvistelsen tänkte de påtala bristerna. Efteråt tog de hissen upp till rummet och hämtade sina jackor och solglasögon. En stor fördel med Marina Plaza var att det var så nära till Sundsbussarna som en stund senare tog dem mot Danmark. Trots att det var i slutet på september, var det så pass skönt ute att många vistades på däck. Emellanåt bröt solen fram mellan molnen och alla vände sina ansikten mot den för att njuta av värmen som den gav.

-Tack för att du kom med förslaget att vi skulle åka hit, sade Marie innan hon gav Markus en lång kyss.

-Jag älskar dig! sade Markus och tänkte på skoj säga att hon såg ut som en rugguggla i huvudet när vinden rufsade till hennes hår, men hejdade sig i sista stund.

-Vi behöver ha dig som chaufför! utbrast Klas när han

ställt i från sig den tomma kaffemuggen på soffbordet.
-Det ska vi väl kunna ordna, svarade Scott och drog en
lättnadens suck över att det hela verkade vara helt
oskyldigt. Tankarna for iväg att det kanske var en
flyttransport på gång, eller kanske en match dit de
behövde skjuts av honom eftersom de ju visste att han
hade körkort både för lastbil och buss.
-Bra, sade han som nyligen delat sockerkakan med sina
händer. Han kallades för Oxen och verkade vara ledare
för gänget. Vi ska göra ett väpnat rån och du kommer att
få ansvara för att vi kommer snabbt från platsen. Du får
rekognosera var du vill ha flyktbilar och se till att det går
att bränna ut dem vart efter vi lämnar dem. Lyckas
operationen, vilket vi är ganska säkra på att den gör, så
kommer du få minst trehundratusen kronor efter stöten,
fortsatte Oxen och spände en djävulsk blick i Scott.
Att backa ut ur det här var inte möjligt om man ville vara
kvar i livet. Scott förstod att han redan visste alldeles för
mycket för att de skulle låta honom fega ur. Han tänkte
inte ett dugg på pengarna utan istället på vad Louise
skulle tycka om saken. Scott behövde inte en tiondels
sekund för att ha svaret klart för sig. Louise skulle aldrig
förlåta honom, särskilt nu när de skulle bli föräldrar om
några månader. Med all säkerhet skulle hon sparka ut
honom från sitt liv direkt om hon ens fick höra tanken på
vad som var på gång.
För att slippa Oxens uppmärksamhet på sig stammade
Scott fram en fråga, om det verkligen fanns så mycket
kontanter i omlopp nu när de flesta betalade med kort.
Oxen skrattade mullrande grovt och log innan han sade:
-Det är precis nu det är läge för att göra tidernas största

stöt, om drygt ett halvår är det för sent.

Oxen förklarade sedan att det endast var ett fåtal banker som sysslade med kontanthantering och det var dessa som var intressanta. Att sedan gamla sedlar höll på att bytas ut mot nya gjorde att det för tillfället fanns mycket att hämta. Efterforskningar som gjorts av Klas hade visat att det utgick två transporter med nya sedlar från Stockholm i början på varje vecka. Den ena täckte av syd och mellan Sverige, medan den andra gick norrut. Båda hade fullt med olika säkerhetsåtgärder vidtagna med bland annat två följebilar med två säkerhetsvakter i varje, under transporterna ut i landet med de nya sedlarna. Däremot när lastbilarna gick tillbaka till Mynt och sedelverket med de gamla sedlarna som blev obrukbara efter första juli, så var det bara en väktare med och han satt bredvid chauffören som körde. Antagligen hade man ansett att det inte var så stor risk att någon ville stjäla dessa och därmed sparat in på beskyddet. Det var precis innan fordonen kom tillbaka dit där de gamla sedlarna skulle förstöras, som man tänkte slå till. Sedlarna som bestod av mestadels hundra och femhundra kronorssedlar, var inte försedda med färgpatroner eller sina nummer registrerade, så kom man över dem fanns det ingen möjlighet för polisen att spåra dem. Tanken var att det skulle göras en skenmanöver mot fordonet som kom norrifrån och därmed dra till sig polis och insatsstyrkan till den, medan det riktiga rånet skulle ske samtidigt som de kommit fram dit. Med full kraft tänkte man slå till mot transporten som kom från Göteborgshållet, cirka tio mil därifrån.

För varje minut som Scott satt kvar kände han att han blev alltmer indragen i kuppen. På ett sätt kände han att det var helt fel och att det vore förödande för sitt förhållande med Louise att vara med på rånet. Samtidigt kunde han inte förneka att han blev upprymd av tanken och spänningen som infann sig hos honom. Han hade länge velat göra den perfekta stöten och slippa ligga orolig på nätterna för att han inte visste om pengarna skulle räcka till. På något sätt var han tvungen att hålla Louise helt utanför och ovetande om vad han höll på att bli indragen i. Vad han skulle säga när allt var över om att de plötsligt var minst tre hundra tusen kronor rikare var ett senare problem. Förhoppningsvis skulle Louise bara bli glad att de fått mer pengar att röra sig med och vara tacksam för att kuppen gått som planerat. Plötsligt slog det Scott, tänk om vi blir tagna, skadade eller kanske till och med dödade? Han rös till av tanken han fått och försökte skaka av sig den, och istället tänka att det var självklart att de skulle lyckas! Något annat var otänkbart och fick inte ske! Oxen hade tystnat och när Scott tittade upp där han suttit försjunken i sina tankar, mötte han hans blick. Oxens stirrande ögon gjorde att Scott ryggade tillbaka där han satt och för att bryta tystnaden harklade han sig och frågade:

-När är det tänkt att ske, så jag vet när jag måste ta ledigt från mitt arbete?

-Du får väl säga att du fått akut tandvärk eller något liknande, sade Oxen och skrattade rått. De övriga log nedvärderande mot honom utan att säga något. Av blickarna att döma fick Scott känslan att det faktiskt bara var han som arbetade och fick lön en gång i månaden.

29

Antingen levde de med all sannolikhet på bidrag eller stölder. Troligtvis en kombination, hann han tänka innan Oxen fortsatte:

-Fredagen den fjortonde oktober, är det som gäller, om inget oförutsett inträffar. Då har nya sedlar levererats ut till bankomaterna lagom tills folk får sin pension, och en stor mängd av de gamla lämnats in till bankerna som har kontanthantering. Det var ingen nyhet att många äldre höll fast vid att betala kontant och var främmande för Swish. Så det var alltid likadant när pensionen sattes in på deras konton den femtonde varje månad, de flesta plockade ut från bankomaterna så att de hade pengar att röra sig med ett tag. Massor med gamla sedlar hade då också kommit in till butikerna och därefter till bankerna, vilket gjorde att lastbilarna fylldes med dessa för att de senare skulle föras till destruktion.

-Tills det är dags för operationen skall vi ha allt klart och vi ska även se till att öva vissa moment tills vi känner oss säkra på uppgiften, fortsatte Oxen. Vi skall också se till att fästa spårsändare på deras transportfordon. Dessa kommer underlätta för oss att se var de befinner sig och de måste på snarast, för att visa om de gör några avvikelser av färdväg och liknande. Klas hade lyckats hacka Besiktas bokade tider för de båda transportfordonen, och då fått se att de var inbokade sju respektive sju och femton påföljande måndag på en station i västra Stockholm. En av de anställda var sedan lång tid tillbaka bekant med Oxen, och det var han som skulle aptera de små sändarna under lastbilarna.

Scott skulle invänta de övriga i gruppen där första fordonsbytet skulle ske, och behövde därför inte närvara längre vid mötet. Han fick veta att nästa han skulle närvara vid, var planerat till tisdag klockan fjorton. Scott fick tänka ut något bra skäl för att komma från jobbet. Omtumlad lämnade han Klas lägenhet och gick trapporna ner till utgången. När han öppnat portdörren stannade han precis utanför och tog några djupa andetag. Den kyliga luften gjorde nästan ont att andas in, men på samma gång ville han ha i sig mer av den för att bli klar i skallen. Han anade att det var det förbannade rökandet uppe i den instängda lägenheten han inte var van vid. Själv hade han tidigare också rökt, men lyckats sluta med hjälp av en rökavvänjningskurs ett år tidigare. Sedan dess hade allt hans röksug försvunnit och han mådde bara illa av att känna rökdoft nuförtiden. Scott började gå hemåt och hoppades lite naivt att det mesta av röklukten skulle vädras ur hans kläder medan han gick, så att inte Louise skulle märka något.

-Röker Klas? frågade Louise när Scott kommit innanför dörren.

-Javisst, som en borstbindare, mumlade Scott fram knappt hörbart. Han hade själv aldrig sett Klas dra ett enda bloss så länge han känt honom, och det sista han egentligen ville, så var det att ljuga för sin fru. Av erfarenhet visste han att sanningen oftast kom fram, och då skulle han få stå där och se ut som en påtänd mulåsna. Men just nu kände han definitivt att han inte ville redogöra för att det varit fler hemma i Klas lägenhet, för kom det fram så skulle han få dra betydligt fler grova lögner för Louise. Hennes mamma hade nyligen gått hem, så Louise föreslog att de skulle gå en promenad med Henrik. Scott tyckte att det var en bra idè, så kunde de äta lunch när de kom tillbaka.

-Jag är sugen på raggmunk, funkar det för dig med? frågade Louise.

-Det blir perfekt, för då kan jag ta slut på kasslerbiten som har bäst före datum imorgon. Scott märkte på sig själv att han gick och grubblade på planerna han fått höra under förmiddagen och visste att det bara var en tidsfråga innan Louise undrade vad det var med honom. För att förekomma det, föreslog han att de kunde åka till IKEA och se om de hade något intressant, efter maten. Egentligen var inte Scott ett skit road av att åka dit, men han visste att Louise tyckte det var jättetrevligt. Hon kunde gå i timmar på det där stället och drömma om hur de skulle ha det någon gång i framtiden. När han började tänka på hur hans fru brukade flumma runt hur länge som helst när hon var där, började han ångra sitt förslag.

-Ja det kan vi göra! utbrast Louise överlyckligt. Jag är bara lite förvånad att du av alla kommer med ett sådant förslag. Sist vi var där gick du ju med armarna i kors och gnällde på att du var så hungrig. Och när vi ätit drabbades du av matkoma så vi fick åka därifrån utan att få med oss ett enda dugg.

-Jag tänkte att vi kunde titta på bebissaker som vi kommer att behöva snart, svarade Scott, och kände sig riktigt nöjd inombords åt förklaringen han så påpassligt kommit på. Louise var lika känslig som en klimakteriekossa på grund av graviditeten, så hon började gråta hejdlöst för att hon hade en så omtänksam man. Sedan slutade hon att gå och omfamnade Scott.

Kapitel 4

Markus hade varit i Helsingör många gånger, så han hittade ganska bra där. Åtminstone i kvarteren närmast hamnen där han gjort många inköp under årens lopp. Marie ville stanna och titta i en klädbutik som hon tyckte verkade ha kläder i hennes smak, så hon sade att Markus kunde komma dit om en timme ungefär, så fick hon titta i lugn och ro.

-Det låter som en bra idè, så kan vi gå och fika någonstan sedan, svarade Markus. Det här var en av hans favoritstunder i livet, att få gå i lugn och ro utan tidspress. Nu fick han göra som han ville, in och provsmaka ostar och korvar blandat med olika sorters sprit. Det brukade alltid sluta med att han köpte med sig lite av varje under de här resorna. Sprit fick han visserligen tag på hemma i Stockholm också, särskilt vid tillslag som hans piketgrupp gjorde. Nackdelen med den var tyvärr att typerna som de beslagtog alkohol av, oftast hade väldigt begränsade smakintressen. Nästan alltid var det Absolut vodka eller renat. Och visst, tänkte Markus, det gick ju bra att blanda groggar i, men ibland ville man ju ha något annat. Captain Morgan var sedan länge en favorit så han köpte med sig fem flaskor. En tänkte han ge till Jonas, sin arbetskollega, för han visste att han också gärna drack rom. Han provsmakade en hel del olika sorters rödvin med, men tyckte inte att något var helt perfekt. Kanske berodde det på att de hade fel temperatur. Markus beslöt att låta Marie vara

33

med och välja när de fikat. Precis när han kommit ut från en charkuteriaffär med inriktning på kryddiga korvar, ringde hans telefon. På skärmen såg han att det var Jonas.

-Jag har köpt rom till dig, för det vet jag att du gillar, sade Markus.

-Tackar, det var hyggligt av dig. Om du vill får ni gärna köpa med lite mörk choklad också, för det skulle Alice tycka om.

-Det kan vi väl ordna, var det något annat du ville? undrade Markus som hörde på Jonas att han lät lite hemlighetsfull.

-Jo, visst är det så. En stilett som hittats vid en parkbänk i Eskilstuna har visat sig ha samma fingeravtryck som fanns i torpet där din fästmö Marie hölls fången. Repet hon var fastbunden i har blivit kapat med den, så vi har förmodligen en gärningsman som gömmer sig i närheten av Eskilstuna. På spetsen av stiletten fanns spår av kokain, så förmodligen är det en säljare eller köpare av narkotika vi ska leta efter. Det fanns inga blodspår på den så den har nog inte används för att skada någon direkt, utan kanske bara ramlat ur fickan när han rest sig.

-Vad säger polisledningen då, hur tänker de gå vidare med det här? undrade Markus.

-Lite för tidigt att svara på, det är för färskt. Men både du och jag vet ju att det saknas resurser för att kolla upp varenda pundare, så vi kanske får göra en egen undersökning när du kommer hem. Hör av dig när ni kommer till Stockholm, så kan vi träffas och prata mer om det, sade Jonas innan de avslutade samtalet.

Redan samma kväll samlade Rafael sina vänner för att diskutera hur de skulle gå till väga för att frita hans bror Mohammed. Några i gänget fick inte ha så stor inblandning i operationen på grund av att de var efterlysta för andra brott eller saknade uppehållstillstånd. Blev de gripna var det viss risk för att de skulle utvisas ur landet vilket var onödigt. Först och främst gällde det att ta reda på vem som var anstaltsläkare, samt vilka väktare på avdelningen som var lättast att utöva på tryckningar på. Mohammed hade nämnt några namn som de skulle kontrollera. Dels var de bodde, familjeförhållanden samt om de hade några ekonomiska problem. Det var också av största vikt att Mohammed fick en ny identitet och ändrat utseende. Rafael och hela hans gäng hade samtliga minst tre olika personers identitetshandlingar, vilket var väldigt praktiskt när det gällde att få bidrag, söka sjukvård eller om man hamnade i trubbel. Han visste inte hur Mohammed hade ordnat det för sig, men det skulle förvåna honom om han inte hade tänkt på det. Om det var klart, behövde bara utseendet förändras lite så att det inte stämde med fotot som polisen hade fått från när han senast anhölls och sedermera häktades. Rafael skulle försöka att komma ihåg att fråga Mohammed om det vid nästa besök. Parkeringen för anstaltens personal var inhägnad, men utifrån gick det lätt att avläsa fordonens registreringsskyltar och därigenom få fram vilka som arbetade där. Det hade Rafael noterat vid sitt senaste besök och han skulle sätta en person på att under några dagar utreda det. För att få reda på vem som var anstaltsläkare skulle han be Mohammed påkalla läkarhjälp för svåra magsmärtor vid en bestämd tid framöver. Då kunde dels Mohammed själv ta reda på läkarens namn och man skulle även lätt kunna identifiera denne när han eller hon kom till anstalten. Det spelade inte så stor roll om läkaren inte hittade några fel på Mohammed första gången, det skulle ändå göras noteringar om vad som hänt. På så sätt skulle det te sig naturligt att skicka Mohammed till sjukhuset akut om problemen återuppstod.

Rafael kände stor tillfredsställelse när han märkte att pusselbitarna föll på plats. Efter fritagningen tänkte han låta föra Mohammed till en lägenhet i Flen, där han kände en bekant som hyrde en tvåa. Där kunde han tillbringa en tid först, så att det värsta sökpådraget hann avslutas. För att vilseleda polisen, tänkte han låta någon i gänget ta en färja österut till Estland eller Polen och på båten lämna kvar en falsk identitetshandling som tillhörde Mohammed. På så sätt borde polisen ta för givet att Mohammed flytt landet.

Ali och Assar var med på mötet och såg fram emot att snart få träffa sin far igen. Båda var dock för heta för att aktivt få hjälpa till med fritagningen, vilket gjorde dem besvikna men innerst inne förstod.

-Letar du efter något? frågade Assar som såg att Ali satt och kände igenom sina fickor.

-Jag hittar inte min stilett, bara jag inte har tappat den. Den har varit bra till så mycket, fortsatte Ali och undrade om Assar kom ihåg när han använt den senast.

-Nej, jag vet inte, viskade Assar som visste att Rafael hatade att bli störd under sina genomgångar. Vi får leta efter den senare, tillade han, så tyst han kunde.

På lappen där det stod vad som behövde inhandlas, hade Anton efter kamouflagekläder skrivit bland annat rånarluva och tunna gummihandskar. Han hade också kommit på att förutom skjutvapnet, vore det bra om han kunde få med sig en eller två rökhandgranater från Malmö. Dessa kunde komma väl till pass om han var tvungen att fly från platsen eller förflytta sig. Det mesta han behövde, gick att köpa i butiker i närheten efter arbetstid under veckan som kom, medan Malmöresan fick ske under kommande helg. Av en tillfällighet visades vädret med tiodygnsprognos när han satte på TV:n. Det lovades skapligt väder så det var egentligen fullt möjligt att ta motorcykeln dit, trots att det hunnit bli höst. På så sätt vore det ingen risk att han skulle kunna spåras vid några kameror, på grund av att så vitt han visste, togs alla vägtullsfoton och liknande av fordonen framifrån. Eftersom motorcykeln inte hade någon registreringsskylt fram så var det ju vattentätt, tänkte Anton. Men när han fick se på GPS:en hur långt det var att åka, slog han bort tanken och beslöt att det fick bli tåget istället. Han gick ut på nätet och bokade tågbiljetter och passade på att se om motorcykelbutiken hade varorna hemma på lagret, som han tänkte köpa med från Malmö. När det var gjort tog han på sig sin skinnjacka med den slitna jeansvästen utanpå och gick ner till mc-garaget. Han och hans klubbmedlemmar brukade träffas där några kvällar i veckan, samt på helgerna för att ta en öl eller hjälpas åt att meka. De som var där redan blev förvånade över att se Anton igen och undrade var han hållit hus någonstans.

-Lite att ordna med när brorsan blev mördad, men nu är

det mesta fixat. Han ska begravas torsdag nästa vecka, så jag har varit tvungen att jobba extra för att kunna ta kompensationsledigt när det behövs. Anton försökte se oberörd ut men märkte att hans röst brast i slutet på meningen.

-Kom hit till bardisken så bjuder jag på en stövel, det ser jag att du behöver, sade en av hans bästa vänner.

-Ja tack, svarade Anton, som gärna ville ha en liter kall starköl i en glasstövel. Mycket för att komma över sorgen som kommit upp till ytan igen när han pratat om sin mördade bror Anders.

Louise passade på att kontrollera en extra gång så att allt fanns hemma till taco:n de skulle äta till kvällen. De hade bara alkoholfri cider i kylskåpet, men det fick duga. Själv ville hon inte dricka något annat, nu när hon var gravid och hon trodde att Scott nöjde sig med det också, för det hade han sagt tidigare. Allt fanns hemma och efter raggmunken tog de sin Nissan Micra och åkte till IKEA. Båda insåg att de inte kunde få med sig så värst mycket hem i den lilla bilen, men de kunde ju alltid titta vad de behövde och passa på att köpa det lite senare. Kanske passade det när Henrik och Maria kom på besök om ett tag med sin bil som hade dragkrok. Scott tyckte för första gången att det kändes okej att gå runt i det stora varuhuset och se på grejer för småbarn. För stunden lyckades han tränga bort tankarna på att han skulle vara inblandad i ett stort rån. När de efter ett par timmar kom ut till bilen igen med lite småsaker och skulle åka hemåt, började dock tankarna gå runt i skallen på honom och han hoppades att Louise inte skulle fråga en massa. Det var dock inget han behövde oroa sig för. Så fort de kom ut från kundparkeringen somnade Louise och hon vaknade först när Scott parkerat utanför deras lägenhet.

De hjälptes åt att fixa käket och sedan satte de på filmen som Louise hade köpt. Trots att filmen verkade spännande somnade Louise redan efter tio minuter. Scott lät henne sova i soffan medan han försökte hänga med i handlingen.

Gång på gång kom han dock på sig med att han satt och tänkte på mötet hemma hos Klas tidigare under dagen. Han ville verkligen inte vara med på rånet, inte ens som chaufför. På samma gång visste han mycket väl att det inte fanns en chans att han skulle kunna backa ur. De skulle aldrig tillåta det. Om han varit själv och inte haft Louise och sitt väntade barn att ta hänsyn till, kunde han kanske flyttat till någon annan stad långt från Stockholm, men nu kändes det inte som om det var ett bra alternativ. De trivdes hyggligt bra i sin lägenhet och hade tillsvidaretjänster båda två, vilket inte var så lätt att hitta någon annanstans. När filmen var slut bar han in Louise i deras säng utan att hon vaknade. Själv kunde han inte somna förrän långt senare. Grubblandet hade bitit sig fast i hans tankar och ville inte släppa taget.

Efter frukosten på söndagsmorgonen åkte de ner till sin segelbåt för att plocka ur dynor och en del annat.

-Hur ska vi få med oss någonting i den här lilla pluttbilen? frågade Louise.

-Hm, det har jag inte tänkt på. Scott tittade på blodhunden Henrik i baksätet för att se hur mycket utrymme han behövde. Snabbt konstaterade han att det var omöjligt att få med något hem från båten i deras bil. När de kom till båthamnen mötte de Hans som varit nere och tittat till sin båt. När han fick höra om Scotts dilemma att frakta hem grejer, erbjöd han sig direkt att fälla baksätet i deras kombi och köra hem det till dem. Scott undrade vad han ville ha i ersättning, men Hans sade att något sådant inte var aktuellt.

-Om ni nödvändigtvis vill återgälda på något vis, så skulle det möjligtvis vara om vi fick vara hundvakt åt Henrik snart igen. Ungarna frågar varje dag om vi inte kan ringa och fråga om ni behöver det snart.

-Det får vi försöka ordna inom kort, sade Louise och skrattade lite. Kanske det kunde passa när Henrik och Maria kom till dem när segelbåten skulle upp på land, tänkte hon.

Hans hjälpte Scott att bära in dynorna till deras förråd så att Louise slapp att överanstränga sig. Louise frågade om han ville ha lite fika, men han hade bråttom iväg, och sade att de kanske kunde ta det vid ett senare tillfälle.

Söndagseftermiddagen tog Scott och Louise det ganska lugnt och gjorde inget speciellt. Scott funderade på hur Östen Karlsson, polismästaren, skulle reagera om han fick veta att Scott var anlitad som chaufför vid ett rån. Han rös till av att bara tänka på det. På samma gång gick det inte att komma ifrån, tre hundratusen kronor, minst, var en jäkla massa pengar. Gick allt enligt planerna var det ju förbaskat lättförtjänta pengar. Allt skulle ju vara över om ett par veckor, och sedan var allt historia, försökte han lugna sig med.

Mohammed hoppades att han snart skulle få hjälp att fly från anstalten. Så noggrant som möjligt kartlade han väktarnas namn och arbetstider. På arabiska gjorde han noteringar om de bar ring och därmed förmodligen hade ett fast förhållande. De som hade det, var troligtvis mer mottagliga för hot och påtryckningar, resonerade Mohammed.

Själv förberedde han sig på så vis att han försökte komma i lite bättre fysisk form. Dels i gymmet, men även genom att träna en del i cellen. Han kände att konditionen förbättrats radikalt, vilket borde vara en fördel om han skulle rymma snart. En ytterligare orsak som var till fördel för hans hälsa, var att han inte brukat några droger sedan han blev frihetsberövad. Möjligheter att köpa hade funnits i massor, men han kände inte att hans medfångar var några vänner precis. Ett antal gånger hade han fått lämna extra drogtester som gjorts för att någon eller några tipsat om att han gick på något. Det var tydligt, att av någon anledning så ville de sätta dit honom. Han visste inte varför, men en sak var helt klar. Det var, att man jävlas inte med Mohammed ostört. Hämnden är ljuv, tänkte han och log för sig själv.

Kapitel 5

Marie, som varit kidnappad knappt en vecka för en tid sedan, började alltmer få struktur på vardagen. Jonas fästmö Alice, som arbetat som psykolog hade verkligen varit till stor hjälp. Visst hände det fortfarande att hon fick panikångest och hade svårt att somna, men för de tillfällena tog hon numera till sömntabletter. Hon var lite rädd för att hon skulle bli beroende av dem, för det hade hon läst i olika bloggar att man lätt kunde bli. Men hon trodde att i och med att hon kände till risken så skulle hon vara mer observant på om det höll på att ske. Sömntabletterna som hon tog föregicks av en insomningstablett, och de tillsammans gjorde att hon kunde vakna utsövd på morgonen, utan några mardrömmar, som hon kom ihåg i alla fall. Marie var sjukskriven helt ett par veckor till, sedan tyckte läkaren att hon skulle börja jobba ett par timmar om dagen igen. Förhoppningsvis skulle det påskynda den psykiska läkningsprocessen, hade hon sagt. Mycket beroende av att hon arbetade på en förskola med en massa spontana barn som ofta ställde enkla frågor som krävde raka svar. Detta var ofta nyckeln till att komma tillbaka igen, utan en massa avancerade åtgärder. Marie tyckte det hela lät logiskt, och var positiv till det hela, vilket var en god förutsättning för att det skulle lyckas.

Alice, som varit långtidssjukskriven på grund av att hon gått in i väggen, hade också mått bra av att Marie anförtrott sig till henne. Tillsammans kände nu båda att de var på väg åt rätt håll, och Alice hade pratat med sin arbetsgivare om att på försök börja arbeta igen. De riktigt tunga fallen som avdelningen hade skulle hennes medarbetare få ta en tid till, men övriga var det tänkt att hon under några timmar om dagen skulle börja arbeta med.

Marie tog ett kort med sin mobilkamera på två kilo choklad som hon köpt i en butik, och skickade till Alice.

-Det här har jag köpt med till dig från Helsingör, som lite tack för hjälpen, skrev hon till bilden.

-Tack så jättemycket, det var snällt av dig. Har ni haft det bra och när kommer ni hem? undrade Alice.

-Det har varit underbart, precis vad vi behövde. Markus har föreslagit att vi skall flyga utomlands i vinter och åka skidor, och det ser jag verkligen fram emot. Ni kanske vill följa med? Vi har nyss ätit en god söndagsfrukost, och bussen går hemåt klockan tre i eftermiddag. Så runt åtta eller något borde vi vara hemma igen. Jag kan höra av mig då, skrev Marie avslutningsvis.

Markus var glad att de tagit sina resväskor med hjul på till Marina Plaza. Trots att de bara varit borta två nätter och de inte varit mer än halvfyllda på vägen ner, så hade Markus stått på sig och sagt att de var att föredra istället för ett par bagar. Nu när de skulle åka hem var det tacksamt att kunna packa ner choklad och sprit i dem och slippa gå och bära allt. Bussresan hem blev tyvärr lite stökig. Fyra killar från Huddinge var rejält berusade och störde de övriga passagerarna. Chauffören hade ingen pondus och det verkade som om han bara väntade på att de skulle somna eller lugna ner sig. Efter ett tag reste sig Markus och gick tillbaka i bussen till dem och visade sin polislegitimation. Sedan frågade han om han skulle kontakta några av sina kollegor som kunde möta upp bussen och låta dem åka blåvitt istället. Det var ingen av dem som tyckte att det lät intressant, så direkt lugnade de ner sig och satt tysta resten av resan.

Marie var lättad över att ungdomarna inte ställt till med bråk, för hon tyckte sådana här situationer var enormt påfrestande. Hon visste också mycket väl att trots att de var fyra mot en, så skulle aldrig Markus låta dem hålla på. Han skulle aldrig för en sekund komma på tanken att ge sig, utan istället ta till övervåld och totalt förstöra deras framtid. På samma gång skulle med all säkerhet Markus fortsatta tjänstgöring inom polisen vara som bortblåst med, för den delen.

När de kom hem till sin lägenhet var de väldigt nöjda med resan, men samtidigt tyckte de att det var skönt att vara hemma igen. Efter lite kvällskäk tog de en dusch tillsammans. Visst hade det funnits både bubbelpool och bastu att tillgå på hotellet, men det kändes skönt att stå i sin egna dusch och låta sig mjukas upp av det varma vattnet. Efteråt älskade de med varandra så intensivt att de fick duscha en gång till. Sedan låg de nakna på dubbelsängen, när plötsligt Marie frågade om Markus tyckte att de skulle skaffa barn snart.

-Jag har inte tänkt på det, svarade Markus. Innerst inne ville han inte alls ha några ungar inom överskådlig framtid, som helt skulle styra upp deras liv. Tidigast om tio år, tänkte han för sig själv, utan att säga något.

-Har du inte ens tänkt tanken på barn, så vill du väl inte ha några! Men det vill jag! röt Marie samtidigt som hon hastigt klev upp ur sängen och gick och hämtade sin morgonrock. Hon gick gråtande ut till köket och satte på vattenkokaren för att göra te till sig själv.

Markus förmådde inte att gå upp och be om ursäkt. Han bara orkade inte. Och varför i helvete skulle han orka allt jämt, förresten? Och den här gången tyckte han ju verkligen inte likadant som sin fästmö, borde inte hon acceptera det? Allt bara snurrade i huvudet på honom, men han gjorde allt för att tänka klart och se det från Maries sida med. Han visste ju att hon var i ett bräckligt tillstånd för tillfället, men hans åsikt måste väl också få komma till tals. Markus undrade vad hon menat när hon sade, att hon i vart fall ville ha barn nu, innebar det att hon var beredd att lämna honom och skaffa barn med någon annan, undrade han. Massor med frågor, men han kom inte fram till några svar. Av allt grubblande somnade han efter en stund, fortfarande liggande naken på dubbelsängen. Efter ett par timmar gick Marie in och lade sig också, även hon hade funderat en del på deras förhållande och hur det skulle bli i framtiden.

På måndagsmorgonen ringde larmet klockan sex för Markus började jobba en timme senare. Marie sov fortfande tungt när han gick, förmodligen beroende av en näve sömntabletter, tänkte Markus.

Marie vaknade av att hennes mobiltelefon ringde. Först visste hon inte vad det var som lät, men efter ett tag hörde hon. Det gick fram ytterligare några signaler innan hon hittade den, på köksbordet. På skärmen såg hon att det var Alice. När hon var på väg ut till köket hoppades hon att det var Markus som ringde och bad om ursäkt, så hon lät lite besviken när hon svarade.

-Jag trodde du skulle ringa igår kväll när ni kom hem, men det gjorde du inte. Jag började bli orolig för att något hade hänt, sade Alice.

-Det har väl gått bra, men det har hänt saker som jag inte gärna vill prata om på telefon. Kanske kan du komma hit om ett tag och ta en fika, så kan jag berätta hur det ligger till, föreslog Marie.

Markus kände även han att han hade behov av att snacka ut med någon. Inte vem som helst, utan någon han kände väl och hade förtroende för. Det var bara hans kollega Jonas som passade in i dem ramarna, så när det blev tillfälle för dem att vara för sig själva en stund, tänkte Markus ventilera sina tankar och problem. Han utgick från att inte Jonas gick hem och skvallrade för sin psykologkärring till fästmö, men kände ändå att han var tvungen att be honom att inte föra något vidare till någon annan. Först och främst undrade han hur de tänkte om att skaffa barn. Kanske han skulle få en annan syn på det hela om Jonas och Alice hade planer på att bli föräldrar snart.

De jobbade samma skift, men på förmiddagen skulle hela deras piketgrupp åka till ett köpcentrum i Sollentuna för att försöka bringa klarhet i vad som hänt den gångna natten. Det rörde sig om överfall, rån och skadegörelse och polisens uppgift var att samla ihop fakta och vittnesuppgifter. Ett ytterst tidskrävande arbete, inte minst på grund av att de sällan kunde kommunicera på svenska. Efter lunch var det dock avsatt tid för patrullering till fots i innerstan, och då borde det finnas möjlighet att få snacka hyggligt ostört med

Jonas. Förmiddagens arbete resulterade bara i dokumentation av skadegörelsen. Det var mest för fastighetsbolaget och dess försäkringsbolag som det var betydelsefullt. Beträffande rånet och överfallen så var det plötsligt ingen som sett eller hört något. Antingen var de drabbade hotade till tystnad eller så höll de som bäst på att planera en gruvlig hämnd. Så hade det i vart fall varit vid tidigare tillfällen.

Efter lunchen, som fick bli på en hamburgerrestaurang, var det så dags för fotpatrullering i innerstan. Det föll sig nästan alltid att Scott och Jonas gick tillsammans, och så blev det den här gången också. Piketchefen tyckte att det var bäst om alla fick välja vilka de ville arbeta med vid sådana här tillfällen, det gav oftast bäst resultat, resonerade han och det var dem som i slutändan räknades. Markus tyckte om de här passen, när man kom nära inpå allmänheten. Arbetsuppgifterna var också väldigt omväxlande, ena minuten fick man visa vägen till slottet för någon turist och i nästa fick man kanske stoppa en knarkförsäljning. Tiden flöt alltid iväg väldigt snabbt och man fick ju samtidigt lite motion av att röra på sig hela tiden.

Jonas märkte direkt att Markus var i behov av att snacka om något, så han frågade vad det var.

-Marie och jag har tydligen extremt olika syn på om när vi ska skaffa barn, så jag är väldigt nyfiken på hur du och Alice tänker om det.

-Jo, visst har vi funderat på det. Vi vill gärna ha vårt första barn redan nästa år och sedan kanske ett par till med några års mellanrum. Problemet för oss är väl egentligen mest att vi behöver en större lägenhet än den vi har nu. Kommer Alice igång att jobba igen, så kommer vi tjäna rätt skapligt, men så länge hon går sjukskriven rinner det in för lite pengar för att vi ska kunna spara något till en större bostad.

-Jaha, var det enda Markus fick ur sig. Svaret han fått var inte alls det han hade räknat med. Kanske fick han ompröva sina tankar och inse att tjugofemårsdagen för länge sedan passerat och att det var dags att på allvar bilda en riktig familj. Fast i nästa sekund, undrade han om han egentligen ville det, eller ens var mogen för en sådan förändring. Men en tankeställare, det hade han verkligen fått.

De hann inte prata så mycket mer privat, för det fanns hur mycket arbetsuppgifter som helst. Det som upptog mest tid var att de fann en drygt femårig pojke som tappat bort sina föräldrar. Till slut fick de ta med honom till närmaste polisstation och låta dem där försöka få kontakt med hans mamma eller pappa.

Efter jobbet tog de ett tvåtimmars pass på gymmet. Dels för att hålla sig i form, men också för att få något annat att tänka på. Markus passade på att fråga om Jonas hört något mer om stiletten, om de jämfört med alla finger-avtryck i brottsregistret.

-Vad jag vet så går den undersökningen lite långsamt. Det är visst underbemannat på den avdelningen, men så fort de hinner så ska de kontrollera det. De har lovat att meddela mig först om de får napp någonstans.

-Får hoppas att vi kan ringa in den jäveln. Det skulle kännas betydligt lugnare, främst för Marie, men även för mig. Kanske bäst om du är med när vi tar gärningsmannen, så jag inte dödar honom för snabbt, sade Markus och garvade rått.

-Visst, de som gjort det här mot Marie ska få en omgång så de önskar att de aldrig någonsin hade fötts, sade Jonas och log tillbaka.

Det hade blivit måndag eftermiddag innan Rafael besökte sin bror Mohammed på anstalten. Det var först nu han hade tillräckligt med fakta för att kunna informera om hur fritagningen var tänkt att gå till. Kartläggning hade gjorts av väktarna och vilka arbetstider de hade. Det enda som återstod var att Mohammed skulle kalla på hjälp för akuta magsmärtor tidigt nästa morgon, för att fastställa anstaltsläkarens identitet. Tiden bestämdes till klockan fyra på tisdagsmorgonen, då man visste att det inte var några skift som började eller slutade. På så sätt borde det vara lätt för någon utanför vid parkeringen att identifiera bilen läkaren kom med och därmed ta reda på vem det var. Sedan gällde det bara att utöva passande form av påtryckning, så borde allt vara i hamn, berättade Rafael.

-Visst, det låter ju bra, men hur har ni tänkt er själva fritagningen, undrade Mohammed.

-Vi kommer att slå till precis när ambulansen kommer utanför anstaltsgrindarna. Vi ska dels se till att väktarna som arbetar vid tillfället släpper iväg ambulansen innan eventuellt någon polispatrull anländer för att eskortera den. Dessutom har vi passande nog lyckats komma över ett par polisuniformer, det kan vi tacka dina söner för, faktiskt. De kan komma till användning om det kniper, tillade Rafael och log.

-Jaså, det hade jag ingen aning om. Men det får ni

berätta mer om när jag är fri. Besökstiden är snart över, men lite efter klockan fyra i morgon bitti, så får någon av er ha kontroll på vad det är för en läkare som anländer hit, i alla fall. Jag ska försöka ta reda på dennes namn också, för säkerhets skull.

Först trodde Anton att han var kass i magen efter drygt en veckas supande, men det verkade efter ett tag ologiskt. Han hade ju varit skaplig några dagar i början på veckan och till och med kunnat jobba ett par timmar extra varje dag. Men nu kunde han inte ens lämna sin lägenhet förrän det var dags att besöka muggen igen. När han ringde sin arbetsgivare och sjukskrev sig, fick han förklaringen. Nästan halva arbetsstyrkan hade drabbats av antingen maginfluensa eller möjligtvis matförgiftning. Det var många med honom som beställde en dagens rätt från en cateringfirma och redan när de fick kycklingsalladen i måndags hade flera av dem reagerat på att den inte smakade som den brukade. Hur som helst så kände Anton att han var tvungen att omboka Malmöresan till helgen därpå, för i det här skicket fanns det inga planer på att han skulle kunna åka. För övrigt hade han inte ens hunnit med att handla det andra som behövdes. Trots att han var ivrig att få det överstökat så fick det inte skita sig på att det var dåligt förberett eller att han mådde dåligt. Då var det bättre att skjuta det framåt lite och att det blev så perfekt som han hade tänkt sig.

Scott skickade ett textmeddelande till polismästare Östen Karlsson och undrade om de kunde höras om ett par veckor angående uppdraget han tackat ja till. Han skyllde på att det var så mycket ändå nu, och att han trodde att det skulle lugna ner sig snart. Scott beskrev inte utförligt om det gällde hemma eller på arbetet, för det spelade ju egentligen inte så stor roll. Helst ville han i första hand ha rånet bakom sig, men även en sådan sak som att få upp segelbåten för vinterförvaring, var sådant som upptog mycket av hans tankar.

Efter lunch på tisdagen, tänkte han först tagit kompensationsledigt några timmar för att kunna närvara vid mötet hemma hos Klas. Snart kom han dock på att det kanske inte var speciellt smart. Uppdagades det senare att han tagit ledigt för att träffa någon en speciell tid, kunde det verka misstänkt. Då var det bättre som han planerat från början, att hävda att han var tvungen att akut bege sig till tandläkaren, och det visste han även att han inte kunde bli nekad. Att plocka ut timmar och säga till så här pass sent var inte säkert att det gick, särskilt inte nu när det var så mycket att göra på jobbet. Niklas Olsson, som var förman på Bussvård syd där han arbetade, sade till honom att sticka direkt till tandläkaren när Scott sade att han fått problem med en tand. Förmannen hade själv nyligen haft skäl att besöka Folktandvården på grund av en värkande visdomstand, och visste att sådana bekymmer bara blev värre ju längre man väntade. Detta påverkade nog hans snabba beslut och han sade till Scott att han inte behövde komma tillbaka till jobbet efteråt, utan kunde gå hem och vila sig till onsdagen.

Kapitel 6

Klockan var kvart i två när Scott satte sig på sin cykel för att bege sig till mötet hos Klas. Han såg sig runt omkring många gånger för att i tid upptäcka Louise eller någon annan han kände. Gjorde han det var han tvungen att göra allt för att inte bli upptäckt och få förklara sig sedan. Allt verkade lugnt, och en kvart senare var han framme. Oxen och alla de andra var redan där och Scott skämdes lite för att han kom precis på minuten. Det luktade cigarettrök, pulverkaffe och fotsvett i lägenheten, kände han när han tagit första steget innanför ytterdörren.

-Då var vi alla här, jag kan meddela att nu sitter det spårsändare på lastbilarna som används vid pengatransporterna. Hittills verkar vi ha bra kontakt med dem, och de är så pass dolt monterade att de är grymt svårupptäckta. Det kommer verkligen att underlätta genomförandet av kuppen, fortsatte Oxen och log.

-Var ska jag få tag i fordon att transportera er? undrade Scott.

-Det kommer att lösa sig skitenkelt! Vi har en bekant som hyr ut bilar, mestadels minibussar passande nog. Några av dessa kommer vi låna under uppdraget. När allt är över och vi sitter och räknar pengar i vårt gömställe, först då kommer de anmälas som stulna av honom. Det innebär att har vi otur och åker in i någon rutinkontroll med dem så är det ingen som reagerar på det, det finns ju många som hyr en minibuss, sade

Oxen. Alla i lägenheten garvade åt den genialiska planen. Allt var ju så perfekt, även det att det inte var vanliga personbilar de behövde tränga in sig i, utan fordon där det fanns plats för massor med pengar. -Mälsåttningen är att vi ska ta oss från rånplatsen till Örebro utan att åka på E 20. På den kommer det med all säkerhet vara mängder av poliser, så det får bli något annat, även om det tar längre tid. I Örebro kommer vi vistas i mina föräldrars sommarstuga i minst ett dygn, sade Oxen.

-Du, Scott, får väl be om permission av frugan, så att hon inte efterlyser dig när det mörknar på kvällen! tillade han och alla skrattade.

Alla utom Scott, som inte riktigt visste hur han skulle förklara sig hemma. Kanske kunde han dra till med att det var någon extra utbildning han var tvungen att åka på, eller möjligtvis en svensexa. Problemet var bara att han inte kände någon som skulle gifta sig nu eller under den närmaste framtiden. På något sätt var det klart att det skulle lösa sig, han hade ju inte fotboja på sig hemma, tänkte han. Men visst kändes det fel att börja ljuga och hitta på en massa saker för sin fru, de som alltid brukade kunna prata med varandra om precis allt. Nästa möte som Scott var tvungen att närvara vid var kommande söndag klockan sjutton. De övriga som var engagerade i rånet, skulle träffas dagligen för att finslipa detaljerna. Scott skulle få provköra samtliga tre minibussar på söndagsförmiddagen, för att verkligen vara bekant med dem. Förmodligen var det inget märkvärdigt eller speciellt med dem, men det gick inte att få några obehagliga och onödiga problem när det var skarpt läge och det verkligen gällde. Mötet hade bara tagit en timme, såg Scott när han kom ut till sin cykel igen. Han kom på en snilleblixt som han kände att det var läge att fullfölja. Snabbt cyklade han till Folktandvården där han brukade gå, för att se om de hade möjlighet att undersöka honom. Han kunde skylla på värk som var outhärdlig och be dem röntga honom. När de inte hittade några fel förmodade han att de skulle anta att han gnisslade tänder på grund av stress, eller kanske att han hade någon inflammation. Kanske skrev de då ut några starka värktabletter och bad honom återkomma om det inte blev bättre. Så hade det varit i hans fall för några år sedan, och det tänkte han berätta för dem.

Lyckligtvis var det ett återbud bara tio minuter senare, fick han veta när han kom till Folktandvården, och sedan gick allt som han hade förutspått.

Redan efter fyra var han på väg hem, och då hade han hunnit in och köpt med sig de receptbelagda tabletterna från apoteket till och med. Nu kändes det mycket bättre, både inför Louise som snart skulle komma hem från jobbet, men även till nästa dag, när förmodligen hans förman skulle fråga hur det hade gått. När han kom hem tog han med Henrik ut på en promenad för att han behövde rastas, men även för att kunna rensa huvudet på sig själv. När han var på väg in i porten igen, kom Louise precis från jobbet. Scott berättade att han varit hos tandläkaren, men att det inte var så farligt nu, innan de gick upp till sin lägenhet och gjorde potatissoppa till kvällsmat.

Ali och Assar delade lägenhet som en bekant till Rafael hade andrahandskontrakt på. Det var bara en liten tvåa på drygt femtio kvadratmeter, så om stiletten fanns där någonstans, borde den inte ta så lång tid att hitta. Efter en kvart gav de upp, den måste vara någon annanstans. Det var bara till att skaffa en ny, för hur det än var, kände man sig lite tryggare med något vapen som när som helst kunde komma till användning, tänkte Ali. För bara någon vecka sedan hade en knarkare bussat sin hund mot dem och då hade Ali snabbt fått fram stiletten för att freda sig. När knarkaren sett att det fanns risk för att hans stora jycke kunde bli skadad, drog han hastigt tillbaka den i kopplet och gick därifrån. Hur det kunde slutat annars vågade knappt Ali tänka på.

Assar föreslog att de borde googla på någon drönare som uppfyllde kraven som Rafael satt upp. Från början var tanken att varken Ali eller Assar skulle medverka i fritagningen, men en viss roll blev det ändå, till slut. De hade fått i uppgift att, med hjälp av en kameraförsedd drönare överblicka området runt platsen där fritagningen av deras far skulle ske. Därmed fick man välbehövlig information om det var några oväntade insatser från polisen på gång. Assar som var tekniskt intresserad, behövde bara några minuter på sig för att hitta en bra modell på nätet. Han skickade ett textmeddelande om vad den hette, var den fanns och vad den kostade till Rafael, som fick göra beställningen. Det var bara två dagars leveranstid, så de skulle få gott om tid för att prova om den fungerade så bra praktiskt som de hoppades.

När Jonas och Markus kom ut till omklädningsrummet efter träningspasset, passade Jonas vanemässigt på att titta på sin mobiltelefon. Markus märkte på honom att han troligtvis hade fått något viktigt meddelande, för han stannade upp och läste en lång stund.

-Nu har de matchat fingeravtrycken på ett ställe till. De fanns tydligen i den dikeskörda mercan som fanns strax intill torpet där din fästmö hölls fången. Men det finns helt klart inte någon person i våra register som passar in på den här individen.

-Då är det ju ganska säkert att vi ska söka efter en person som inte är född i Sverige. Ingen normal förbrytare börjar ju med kidnappning eller knarkaffärer utan börjar väl alltid sin bana med snatterier och mopedstölder. Har de bara gjort en enda liten grej, så hamnar de i våra register direkt, sade Markus eftertänksamt. Det är nog läge att vi tar oss till Eskilstuna och tar lite fingeravtryck på personer som vi misstänker.

-Det verkar så. Vi kan dock glömma att vi får göra det på arbetstid, det här får vi fixa på fritiden, sade Jonas.

-Jag ska kontollera vilka bostadsområden som gäller för det här klientelet, det är ju inte helt säkert att vi finner den vi söker, men det känns ändå som ganska troligt.

-Det är ju bara det där med tid, dels är det ju en bit att åka och sedan är det ju så mycket annat som ska ordnas.

Markus svarade inte, men gav Jonas en blick som var fruktansvärt lätt att tyda. Jonas såg på en gång, att för Markus och hans fästmö Marie så hade det här högsta prioritet. Och Jonas kände att han måste ställa upp, för det visste han att Markus skulle gjort för honom.

-Vi börjar leta imorgon. Sticker vi ut direkt efter fyra när vi slutar jobba, så får vi se vad det ger. Det är ju helt klart ett hett spår, med stor sannolikhet finns han inte så långt bort från där han tappade sin stilett.

-Just det, svarade Markus när han fått det svar han ville ha. Vi åker civilklädda, men vid behov får vi visa våra polis-ID. Tar jag med fantombilden som är gjord på en av gökarna med hjälp av piketchefen Granlund och Marie som sett dem på nära håll, så borde det kunna nappa, fortsatte Markus.

Marie kände verkligen stort förtroende för Alice. Visst kanske hon var lite miljöskadad från sitt arbete som psykolog, men i det här läget när hennes egen sinnesstämning pendlade rejält, så kändes det tryggt att samtala med ett proffs. Alice berättade också när de satt och fikade, att det var Maries förtjänst att hon kunde komma igång att arbeta igen, efter att ha gått in i väggen. På något sätt hade Alice känt krav på sig att fokusera på någon annan igen, inte bara sig själv. Dessutom var hon så pass duktig i sin yrkesroll, att hon effektivt kunde lyfta de flesta mentalt tillbaka till en dräglig tillvaro. När Alice sett stora framsteg hos Marie tack vare henne själv, insåg hon att hon var betydelsefull och kunde utföra mycket. Detta gjorde att hon kunde få en form av bekräftelse på att hon dög.

Plötsligt kom Alice på att Marie bjudit dit henne för att hon ville prata om något viktigt, så hon frågade vad det var.

-Jag blir så trött på Markus, han tror att vi ska leva som

tonåringar resten av livet, och har inte ens tänkt tanken på att skaffa barn, sade Marie ilsket.

-Du måste ge honom lite mer tid, så att han hinner vänja sig vid tanken på att bli förälder. Jonas blev nog först intresserad av barn när hans lillasyster blev mamma för knappt ett år sedan. Han gullar med ungen så fort han kommer åt, och tycker vi ska skaffa barn snart också, svarade Alice och skrattade.

-Hoppas träbocken till karl har vett att krypa in över tröskeln och be om ursäkt för sin klumpighet. En bukett rosor och ett presentkort i en klädbutik ska jag också ha, annars kan han försvinna för evigt, dundrade Marie vidare.

-Hm, verkar som om jag behöver vara med och medla när Markus kommer hem från jobbet, sade Alice och såg fundersam ut. Hon hade nyligen fått ett textmeddelande av Jonas, där han skrev att han och Markus skulle träna på gymmet efter jobbet. Alice skrev att det vore bra om han förvarnade Markus, att hon var kvar hemma hos Marie och att det var för att medla mellan dem. Det dröjde en stund innan han svarade, men då skrev han att han kanske också borde hänga med dit. Efter lite funderande skrev Alice att det kanske var en bra idè, särskilt som hon visste att Jonas var Markus bästa vän, och att han säkert lyssnade mest på honom i sådana här lägen.

När Rafael lämnat Mohammed för att besökstiden var slut och det var dags att gå tillbaka till monteringen av adventsljusstakar, kände Mohammed sig väl till mods. Snart var det en ände på hela skiten med att sitta inne, och han skulle få börja göra affärer igen. Han gick i sina egna tankar lite, och märkte inte att en av hans största fiender på anstalten gick rakt emot honom med ett egentillvekat stickvapen. Det var gjort av en vanlig tandborste, där änden man håller i, var slipad till något som närmast kunde liknas vid en bajonett. När han bara var en meter ifrån honom, tog han sats och och gjorde ansatts att sticka Mohammed i magen. Reflexmässigt vek Mohammed sig åt sidan och undkom hugget precis. Utan att hinna tänka tanken fullt ut vad han skulle göra, laddade Mohammed med all kraft han kunde ansamla, en karatespark mot mannen som tänkt skada honom. Om han inte själv hade legat i hårdträning den senaste tiden, skulle han aldrig kunnat utdela en så kraftfull och välriktad spark som det nu blev. Mannen träffades av Mohammeds fot snett nerifån rakt mot näsan. Ett krasande ljud hördes lång väg när näsbenet trängde in i hjärnan och döden infann sig innan han med en dov duns slog i det brutalt hårda cementgolvet. Först visste inte Mohammed vad han hade gjort, för han tycktes vänta på att mannen skulle resa sig upp och gå till anfall igen. Men han låg orörlig kvar medan blodet sipprade ut i en strid ström ifrån köttslamsorna som nyligen varit hans näsa. Mohammed började efter ett tag komma till insikt med vad han åstadkommit, han hade sparkat ihjäl en medfånge! Han kände sin egen puls väldigt väl, och adrenalinet tycktes gå med högtryck genom ådrorna på honom. En av vakterna hade sett vad som var på gång, men inte hunnit ingripa. Försiktigt gick han fram och kontrollerade om mannen hade någon puls, som en ren rutinåtgärd, men han var stendöd.

Mohammed tyckte det var lite konstigt att han inte behövde tillbringa natten i en isoleringscell efter att han orsakat ett dödsfall. Den rimligaste förklaringen han kom på, var att de sett att det var i självförsvar som han utdelat sparken, och inte något överlagt mord. Mohammed fick fokusera så mycket han förmådde på vad som skulle hända framöver och inte det som hänt. Hur obehaglig och omtumlande eftermiddagen än varit, så gällde det nu, att se till att akutläkaren tillkallades klockan fyra på morgonen, för att kunna fullfölja planen som låg fast. Han var så uppskruvad av händelsen att han inte sov något innan det var dags att påkalla hjälp. Faktum var, att han faktiskt hade grymt ont i magen på riktigt. När vakten kom för att se vad det var med honom, filmade Mohammed ordentligt för att de inte skulle tro att det var någon vanlig åkomma, utan kanske tarmvred eller blindtarmen som krånglade.

Vakterna förstod att det inte stod riktigt rätt till med Mohammed, för han hade tidigare inte betett sig så här. Det dröjde inte länge förrän de ringde efter läkaren, som meddelade att han inte fick äta eller dricka något innan han kom dit, vilket skulle ta cirka en halvtimme. Väl på plats undersökte läkaren honom utan att finna något speciellt. Han sade att det inte var helt ovanligt att kroppen reagerade så här efter en stark upplevelse, att det berodde på stress och oro. Efter att ha gett Mohammed ett par lugnande tabletter sade han att Mohammed fick höra av sig igen om problemen kvarstod. Han såg också till att sjukskriva honom veckan ut, vilket innebar att han slapp jobba i monteringen.

-Nu vill jag att du inte säger något förrän jag ger klartecken till dig, sade Alice med en besämd och förmanande blick till Marie.

-Det är lugnt, jag tror att min värsta aggressivitet har lagt sig, så jag vill inget hellre än att problemet som Markus har ska lösa sig.

Alice suckade inombords utan att visa en min av att hon just nu tyckte att Marie var en trögtänkade tjockskalle, som inte såg sin egen roll i sammanhanget. Hon undrade lite för sig själv om hennes beprövade metoder verkligen skulle ha önskad effekt, men det återstod att se.

Direkt när Markus och Jonas kom innanför dörren, tog Alice med Markus ut i köket och stängde dörren efter dem. Hon ville höra vad han hade för ståndpunkt utan att Marie var i samma rum och lyssnade. Jonas skickade hon in till Marie för att snacka lite allmänt. Det verkade redan som att Markus öppnat tanken på barn inom en inte alltför avlägsen framtid, vilket förvånade Alice. Hon anade att Jonas redan pratat med honom, och att han vant sig lite vid tanken.

-Det är väldigt viktigt att du inte säger detta bara för att det ska bli fred emellan er, utan att det verkligen är din riktiga åsikt, sade Alice.

-Det som gjorde att jag tvekade lite först, var att jag ser varje dag hur samhället utvecklas åt fel håll. Det blir mer våld och övergrepp för var dag som går. Men å andra sidan, ska någon unge födas som behöver beskydd av sin farsa, så är det helt klart min. Den som ens tänker tanken på att göra Maries och mitt barn illa, kommer få ett helvete, det kan jag lova, sade Markus.

Alice kände att det var läge för Jonas och henne att lämna dem ifred och prata vidare själva. Det verkade som att de egentligen inte stod så värst långt ifrån varandra, det handlade förmodligen mest om när de skulle skaffa barn. Alice trodde att de på ett förnuftigt sett skulle kunna resonera sig fram till ett beslut som de båda var nöjda med.

-Vill ni inte ha lite kaffe innan ni går? undrade Marie.

-Jo tack gärna, svarade Jonas direkt som blivit kaffesugen av allt pratande.

-Bara en slät kopp då, sade Alice, för att göra alla till lags.

-Imorgon eftermiddag ska Markus och jag bege oss till Eskilstuna där vi fått ett hett spår att följa upp, vad det gäller vem som höll dig fången, Marie, sade Jonas. Det blev först tyst runt soffbordet där de satt och drack kaffe och Jonas anade att det kanske var helt fel tillfälle som han hade nämnt det på. Men till slut, efter en stunds betänketid utbrast Marie:

-Se till att dem jävlarna aldrig kan göra om det någonsin mot någon!

De övriga tyckte det kändes bra att Marie hade tagit det så, och att det inte fått henne att bryta ihop istället. Särskilt Markus tog hennes uttalande ordagrant, att det var fritt fram för dem att gå på så pass hårt som han önskade. Det kändes mycket bättre för honom tyckte han, att hon var med på det och att hon var lika angelägen som han att det skulle få ett riktigt slut. Alla runt bordet var införstådda med, att när Markus och Jonas fann förövarna så gällde inga lagar utom deras egna. Bara deras egna, och absolut inga andra.

Kapitel 7

Mohammed hade inte haft några som helst problem att se läkarens namn som stod tydligt på hans namnskylt. Även ute på anstaltsparkeringen hade läkarens fordon med lätthet kunnat identifieras och kartläggningen var i full gång. Det var bestämt att Rafael skulle besöka Mohammed efter lunch, men det rådde viss osäkerhet om det var något förhör som skulle hållas angående dödsmisshandeln föregående dag. Att det var ett på gång var givet, men när var inte bestämt. Mohammed hoppades att det inte skulle komma något i vägen för fritagningen.

Ali och Assar hade funnit sig väl till rätta vad det gällde försäljning av droger. De hade lyckats med att öka omsättningen trots viss konkurrens, och Rafael var riktigt nöjd med hur de bedrev verksamheten.

Förtjänsten var så pass bra, att de redan börjat betala av sin fars skulder, som från början uppgått till femtiotusen. Dels var det en likvidering av hederskaraktär där en bror till dem angett flera av dem för att själv gå fri. Sedan var det den stundande fritagningen av deras far, som också var ganska kostsam. Ändå hade Rafael bjudit på mycket, bara för att det var hans bror. Senast de träffats hade det framkommit att Mohammed var innehavare till inte mindre än fem stycken olika identiteter. När han väl var fritagen kunde han bara ta en av de andra, ändra utseendet lite genom annan frisyr och ett par glasögon istället för linser, så skulle han vara helt oidentifierbar för polisen. Åtminstone så länge de inte misstänkte något speciellt och därmed gjorde en grundlig kontroll av hans identitet. Togs det fingeravtryck på honom vid något framtida gripande skulle det hela uppdagas. Men var det bara en vanlig poliskontroll vid vägkanten kunde han visa upp ett körkort som skulle vara helt i sin ordning. Rafael tyckte det var skönt att brodern direkt kunde börja arbeta av sin skuld, inte minst för att slippa en massa käbbel från gängmedlemmarna. Det var ju trots allt en extraordinär uppgift de gett sig in i, som inte alls var något de sysslade med i vanliga fall och det var osäkert om de någonsin skulle göra en så pass stor insats igen för någon annan i släkten. Så väl kände också Rafael sin bror, att han visste att han så snart han kunde, så skulle han göra rätt för sig. Tidigare hade de inte kommit så väldigt bra överens, men det här verkade på något sätt ha sammanfogat dem mer. Båda visste även att det var Mohammed som var i beroendeställning till Rafael, vilket i sin tur ledde till att det inte var någon diskussion om vem som bestämde i framtiden. Mohammed fick helt enkelt finna sig i vad han ålades att göra, ända tills skulden tillfullo var återbetald och så länge han var medlem. På längre sikt visste dock båda att de var två ledartyper som hade svårt att ta kommando av någon annan. Med all säkerhet skulle de på sikt dela på sig igen, för att få eget spelrum.

I all sin enkelhet var nötburgare bland det bästa Rafael visste. Till dessa fick gärna serveras potatisbullar och lingonsylt. Hans fru visste detta mycket väl, och bjöd på maträtten minst en gång i veckan. Innan Rafael kom till Sverige hade han aldrig ätit lingonsylt, men från den gången han smakat det först, hade han velat ha det, särskilt till den här rätten.

Mätt och belåten satte han sig i bilen för att besöka Mohammed på anstalten och uppdatera honom. På vägen dit gick han igenom hela fritagningen i huvudet för att säkerställa att de inte missat något. Det gällde också att ha reservplaner hela tiden, i fall något oförutsett inträffade. Rafael kände sig nöjd med allt när han tänkt igenom det, för han kom inte på några luckor i planen som kunde göra att fritagningen misslyckades. De två vakterna som de riktat in sig på, var sårbara småbarnsföräldrar som efter hot och påtryckningar inte skulle göra något för att hindra dem, det stod redan klart. Efter läkarens senaste uttalande, att Mohammed fick påkalla hans hjälp om magsmärtorna tilltog igen, och att de då skulle få ta in honom akut till sjukhuset, så behövdes egentligen inga åtgärder mot honom. Ingen skulle se det som anmärkningsvärt när läkaren tillkallade en ambulans för transport av Mohammed, utan det skulle ses som en självklarhet. Ambulanspersonalen behövde inte heller mutas eller hotas om allt gick enligt planerna. Direkt när deras fordon lämnat anstalten skulle två av hans gängmedlemmar i polisuniform stoppa dem. För säkerhets skull tänkte de ha en större skåpbil lite längre fram, som kunde ramma ambulansen i fall den av någon anledning körde förbi utan att stanna. Om det var något oförutsett i görningen kunde det med lätthet upptäckas med hjälp av den kameraförsedda drönaren som Ali och Assar förfogade över. Samtliga skulle bära vapen för att med våld kunna genomföra fritagningen om det verkligen behövdes.

Väl framme hos Mohammed, fick han veta, att direkt efter besökstiden skulle ett förhör hållas angående dödsmisshandeln dagen innan. Advokaten som Mohammed anlitat hade sagt att det mest var en formell åtgärd för att det krävdes det i alla sådana här fall, men att det inte skulle påverka Mohammeds strafftid. Det var så uppenbart att han agerat i självförsvar. Dessutom kunde det inte utan rimligt tvivel anses att Mohammeds spark varit ämnad för att döda sin medfånge. Vakten som iakttagit händelsen, hade lämnat en utförlig redogörelse för vad han sett, som på alla punkter var till Mohammeds fördel.

-Vi håller som bäst på att kontrollera vakternas arbetsschema, i övrigt börjar det mesta falla på plats, sade en nöjd Rafael.

-Bra, för här vill jag inte stanna en dag i onödan, inte minst för att det med all säkerhet blir fler förhör angående det som hände under gårdagen. Min advokat har redan fått veta, att den jag sparkade ihjäl har en syster som kommer vilja att jag mordåtalas. Så när räknar ni med att utföra fritagningen?

-Absolut inom en vecka. Detaljer som återstår förutom arbetstiderna hos vakterna, är kontroll av flyktfordon och att tydligen polisuniformerna var alldeles för stora och behövde ändras om. Det är förresten din fru som fixar det, tillade Rafael.

-Be min fru att plocka fram ID-kortet där det står att jag är född -70 också. Jag vill minnas att det står att jag har tilltalsnamnet Mohammed på det också, för det känns onödigt att ändra på det. Även om jag hade bytt namn så hade förmodligen de flesta kallat mig för Mohammed ändå. Dessutom skulle aldrig någon blåögd svennepolis komma på tanken att jag använde samma förnamn.

-Kom också ihåg, käre broder, att dagen efter fritagningen så kommer ditt gamla pass finnas på en färja som gått till Talinn. När det upptäcks tar de för givet att du flytt utomlands, sade Rafael och skrattade.

-Jag är dig evigt tacksam, käre broder. Det du hjälper mig med nu kommer jag alltid att minnas, sade Mohammed och tittade med en allvarlig blick på Rafael.

-Jag vet att du hade gjort detsamma för mig. Besökstiden är snart slut, så jag måste lämna dig. Räkna med att jag besöker dig igen dagen innan fritagningen och ger dig de senaste detaljerna. Försök nu att hålla dig lugn sista tiden och inte döda för många av dina medfångar, sade Rafael och log innan han reste sig och gick.

Mohammed log och nickade instämmande, utan att säga något.

I bilen på väg från anstalten fick Rafael ett textmeddelande på sin mobiltelefon. När han läste det såg han att drönaren var skickad från postorderfirman och skulle finnas på uthämtningsstället nästa förmiddag. Han ringde upp Ali och bad honom och Assar att se till att ha tid för att sätta sig in i hur drönaren fungerade eftermiddagen dagen därpå. Han hoppades att den skulle vara till stor hjälp vid fritagningen, för i så fall kunde de använda den vid andra tillfällen också.

Normalt sett var det väldigt nervöst att göra upp stora knarkaffärer, men hade man ett vakande öga på sin sida uppe i luften som kunde varna, skulle det underlätta.

Scott var inte riktigt sig själv sedan han blivit indragen i förberedelserna till rånet. Han hade svårt att koncentrera sig fullt ut och hade börjat sova dåligt på nätterna. Även magen var i olag och han kände med sig att han var lättirriterad. Han förbannade sig själv för att han gett sig in i det hela och gick bara och väntade på att allt skulle vara över.

Ett tag, om det gick bra med rånet och det lyckades, tänkte han skänka hela sin andel till någon fond, för att slippa berätta för Louise varifrån han fått över trehundratusen kronor. Han fick se hur han gjorde, än så länge hade han inte bestämt sig.

Det närmaste som gällde var provkörningen av fordonen som han skulle göra på söndag eftermiddag. Han visste att när han nu var indragen i det hela, så fick operationen inte skita sig på att han gjorde fel för att han var dåligt förberedd. Oxen och hans mannar skulle aldrig förlåta honom det, utan han skulle omedelbart likvideras, det visste han säkert.

För att komma ifrån de jobbiga tankarna ett tag, ringde han sin bror Henrik, fast han visste att han jobbade än. Scott frågade om Maria och han ville komma upp till Stockholm om ungefär en och en halv vecka.

I första hand var det för att han behövde hjälp vid upptagningen av segelbåten, men även för att han visste att Louise och Maria hade något på gång. Dessutom var det ett tag sedan de sågs och det var alltid roligt att hitta på något tillsammans. Henrik lovade att han skulle fråga Maria när han kom hem och att han sedan skulle återkomma med besked.

Lite efter fyra på eftermiddagen satte sig Markus och Jonas i bilen för att åka till Eskilstuna. De hade pratat med sin piketchef och undrat om det var en operation som kunde sanktioneras av polismyndigheten, men fått nobben. Han hade förstått att de ville följa upp spåret med stiletten, men bett dem gå väldigt varligt fram. Framkom det att de bedrev privat spaning och det kom fram att de hotat någon kunde deras polistjänstgöring vara till ända. På samma gång förstod piketchefen mycket väl varför de ville gå till botten med det uppkomna spåret. Han hade gjort precis likadant själv hade han berättat, och lovade att informera sina kollegor i Eskilstuna om att Markus och Jonas skulle riva runt lite i träsket, men att de lovat att sköta det snyggt.

Väl på plats, undersökte de först på torget om det var någon där som liknade deras fantombild. Det var det inte, och det såg inte heller ut som att det fanns någon där som kunde tänkas upplysa dem om det heller. Istället begav de sig till en ungdomsgård där det i stort sett alltid fanns drogberoende personer, oavsett vilken kommun man begav sig till. Möjlig svårighet var att ingen där skulle vilja peka ut någon, de skulle ju därmed försvåra chanserna att få tillgång till droger själva.

På väg dit kom Markus på den geniala idén, att de själva skulle utge sig för att sälja droger, till ett bättre pris. Därmed borde det inte vara så svårt att få någon att snacka.

Utanför ungdomsgården satt fyra killar och rökte hasch, men när Jonas och Markus kom närmare så började de springa därifrån. De hörde någon av dem skrika att det var civilsnutar på ingång. Om det synts på deras gång eller på något sätt som de rört sig, skulle de aldrig få veta. Helt klart var att uppdraget de givit sig själva förmodligen inte skulle bli så enkelt som de hoppats. När de senare åkte därifrån föreslog Jonas att de nästa gång skulle ändra taktik.

-Jag tror vi får dela på oss och söka av ett område i taget och se om vi kan hitta någon som liknar fantombilden, sade Jonas.

-Kanske det, eller också får vi gå hårdare fram och klämma åt någon som vi tror kan veta det. Kanske fältassistenterna vet vem vi vill ha tag på. De borde ju vara glada om vi plockade bort någon som förser ungdomarna med droger. Vi vet ju faktiskt att stiletten hade spår av kokain på sig, så det måste ju vara en langare vi letar efter, sade Markus.

-Fältarna kanske också är knarkare och får droger billigt om de håller käft, det har vi varit med om förut, sade Jonas dystert.

-Det är möjligt, men jag tror det är nästa sak vi prövar, de flesta av fältarna vi känner från Stockholm är ju vettiga, så vi får väl förutsätta att så är fallet här också, sade Markus.

-Okej, då gör vi så, men nu dröjer det till nästa vecka innan vi hinner åka hit igen. Fast jag är övertygad om att vi snart tar dem, även om dagens jakt inte gett något.

-Förhoppningsvis så har du rätt. Men nu vill jag åka hem till Marie och äta något gott. I bagageutrymmet ligger en bukett fina blommor jag köpt och mat beställer jag från en kinarestaurang nu när vi åker hem, sade Markus.

Jonas fnissade till lite men sade inget. Han gladdes åt att det var lugnare mellan Marie och Markus igen.

Anton Svensson var tacksam att han mådde lite bättre och inte behövde vara i det närmaste bosatt på muggen längre. Det var väl den enda fördelen han kunde komma på med att vara magsjuk, att det gick över på ett par dagar.

Men han kände sig fortfarande trött och blev matt så fort han ansträngde sig det allra minsta. Om det berodde på att han inte ätit något på ett par dagar visste han inte, men det verkade troligast. Han var definitivt inte hungrig nu heller, men antog att han måste få i sig något för att någonsin bli piggare igen. Han googlade lite snabbt efter tips på vad som var lämpligt. Det mesta hade han dock inte hemma eller så var det grejer han absolut inte var sugen på. Det enda han hade i frysen som skulle vara bra, var skivad långfranska. Den var tydligen lämplig att rosta, så då sket sig igen. Brödrost hade han aldrig ägt någon, men det var en sak han tänkte införskaffa så fort han blev helt frisk igen.Till slut kom han på att att han borde kunna steka brödskivorna lite lätt i en stekpanna, och så fick det bli.

Efter några tuggor var han glad att han äntligen kommit på något som smakade okej, och körde på några skivor till. Att kämpa sig iväg och jobba nästa dag var inte aktuellt, det var bättre att ta nya friska tag efter helgen istället, tänkte han, innan han lade sig i soffan och slumrade till en stund igen.

Dagen därpå, som var torsdag, mådde Anton nästan som vanligt. Egentligen behövde han handla en del för han hade knappt något hemma. Risken att springa på någon från sin arbetsplats var närmast obefintlig och han brydde sig inte om det heller. Ändå var det något som tog emot att ge sig ut, men han kom inte på vad det kunde vara.

Plötsligt kom han på vad var för något speciellt som skulle ske just den här dagen. Det var ju för tusan hans bror Anders begravning klockan fjorton idag, som han under inga omständigheter fick missa. Hade han inte blivit akut magsjuk fanns det inte en chans att han skulle glömma en så viktig sak, men nu var det grymt nära att han hade gjort det.

Anton började genast rota i garderoben för att se om det fanns några lämpliga kläder han kunde använda. Som tur var, hade det inte gått mer än två år sedan hans far gått bort, så mörka kläder, det fanns det. Enda problemet kunde dock bli om han gått upp några kilon sedan dess och blivit för fet. Nervöst drog han snabbt på sig paltorna för att se om han kom i dem. Det var bara ett par timmar kvar så det började bli knappt med tid om han var tvungen att springa och köpa en massa nytt, dessutom hade han egentligen inte råd med det heller just för tillfället. Visst fanns det pengar på hans konto som skulle räcka, men dem hade han tänkt använda för att köpa vapen i Malmö. Måste han ta av dem, skulle han få vänta till nästa lön med hela operationen, vilket inte alls var en tanke han var bekväm med. Anton drog en lättnadens suck när han till sin stora förvåning kom i kläderna. Tydligen hade han redan för två år sedan varit lite lagom lönnfet, för kläderna passade perfekt.

Kapitel 8

Fast det inte fanns tid att bege sig till Eskilstuna förrän veckan därpå, försökte Markus att göra en del efterforskningar hemifrån. Genom facebook letade han på olika platser, dels i lokalpressen på foton som tagits på folksamlingar vid olika evenemang, men även på vissa personer, som han lyckats spåra till orten. Förhoppningen var, att de skulle finnas med bland deras vänner eller att de gillat inlägg som gjorts. Några som liknade fantombilden han hade att gå efter, noterade han på en lapp för att på jobbet göra en djupare undersökning av dem. För att linda sin fästmö Marie lite om fingret, såg han till att skidresan blev bokad. Det fick bli en vecka med helpension nere i Frankrike.

Efter helgen var det tänkt att Marie skulle gå tillbaka till sitt arbete igen, två timmar om dagen. Markus hoppades att det skulle få henne att inte vara så svajig i humöret. Fick hon något annat att tänka på, typ barnen som fanns på hennes förskola, borde det vara ett stort steg i rätt riktning. Till helgen skulle Jonas och han jobba ganska mycket, så han skickade ett textmeddelande till Alice, och undrade om hon hade något för sig eller om hon kunde tänka sig att träffa Marie en del över lördag eller söndag. Markus var inte riktigt bekväm ännu av att Marie var ensam hemma en massa timmar, dels för att hon mådde bättre om hon kunde snacka med någon, men även för att hennes kidnappare fortfarande var på fri fot.Till svar fick han ett snabbt och kort svar; självklart!

Ett fält en bit från Kaknästornet var perfekt plats att testa drönaren på. Det var ingen billighetsvariant som hördes flera kilometer utan när den väl kommit upp en bit i luften så var den tämligen tyst. Däremot märkte de att den var ganska vindkänslig, särskilt när de fick på filmkameran som vägde ett par hekto. Även efter ett par timmars övning, med ett par batteribyten, kunde de konstatera att det var en stor fördel om det inte blåste för mycket. Helt klart var det en sak som var viktig att ha med i beräkningen. Fritagningen av deras far var lättast att övervaka om det var i det närmaste vindstilla. Assar kontrollerade på en väderapp hur vindarna var den närmaste veckan. På den visades, att början på kommande vecka var det hyggligt lugna vindförhållanden. Den visade också att det kunde komma en del regn, främst under måndagen, vilket förmodligen också var något som i möjligaste mån skulle undvikas. Visst tålde drönaren lite regn, men kameran levererade med all sannolikhet mycket bättre filmsekvenser om det inte var en massa väta i luften.

-Vi får föreslå Rafael att fritagningen sker på antingen tisdag eller onsdag, för då verkar vädret vara mest gynnsamt, sade Assar.

-Det är nog en god idè, för säkerhets skull bör vi nog kontrollera flera väderappar varje dag framöver, för att få en så säker prognos som möjligt, svarade Ali, när de började packa ihop.

Nöjda med dagen gick de och köpte varsin storstrut och satte sig på en bänk. Glasskiosken var tydligen bara öppen några dagar till innan den skulle stänga för säsongen. Det kändes redan lite kallt om baken att sitta, och vindbyarna som kom mestadels norrifrån, vittnade om att det höll på att bli höst på riktigt. Sedan, emellanåt när solen var framme och det inte blåste, värmde den riktigt skönt, vilket gjorde att de satt kvar en stund. De visste att det antagligen var årets sista glass som de avnjöt nu, och att det lätt skulle dröja mer än ett halvår innan det var läge för nästa.

-Jag hatar den här jävla kylan, tänk i Iran vad varmt och skönt det är där nu! utbrast Assar.

-För varmt, du glömmer att hettan gör att man inte orkar göra någonting mitt på dagen. Här får man ju istället en massa gjort. Sitter man still för länge fryser man ju arslet av sig, trots att man klätt på sig som en michelingubbe, svarade Ali och skrattade ironiskt.

-Okej, det ligger väl något i vad du säger, jag bara menar, att man blir stel som en pinne av att behöva gå och spänna sig för att man fryser nästan jämt i det här landet. Så nu skiter vi i den här kalla bänken och går och sätter oss i en bil med värmen på för fullt och åker hem, sade Assar irriterat, reste sig och började gå.

Ali följde efter, småskrattande åt sin bror.

Det dröjde ett par dagar innan Henrik svarade på frågan han fått ifrån Scott. Hans fru Maria hade kommit hem så pass sent ett par kvällar i rad på grund av att det varit ett inbrott, där bibliotekets alla datorer stulits. Därmed hade alla register försvunnit över vilka böcker som var utlånade, vilket resulterade i att man fått be de som lånat böcker där, vara så vänliga att kontakta dem och meddela vilken eller vilka böcker de hade lånat. Man hade via annonser i dagspressen och genom spridning på nätet bett alla berörda att höra av sig till biblioteket helst senast under fredagen. Under tiden pågick en inventering av vilka böcker som saknades, och de man inte kunde räkna med att man fick tillbaka, var det tvunget att beställa nya av. Visst hoppades man att alla skulle höra av sig, men efter två dagar rörde det sig om ungefär fem procent, resten stal folk genom att ta tillfället de fått.

Maria var vansinnig, hon visste en hel del bekanta som hon kunde svurit på att hon visste hade lånat böcker hos dem, men nu låtsades som om det regnade.

Datorerna som försvunnit hade till på köpet återfunnits sönderslagna dagen efter stölden i en återvinningscontainer för kartong. Förmodligen hade tjuvarna upptäckt när de tittat närmare på dem, att de var märkta med texten"Nyköpings bibliotek". Det mesta täcktes av försäkring, men merjobbet som blev var fruktansvärt irriterande.

Det var ännu oklart hur lång tid det skulle ta att få nya datorer installerade, så Henrik sade att eventuellt fick han komma upp själv helgen därpå, om Maria var tvungen att jobba extra.

Scott svarade att han tyckte att det var tråkigt att höra, och undrade var alla ohederliga typer kom ifrån. I samma sekund han sagt det, kom han på att han kanske inte alla gånger själv var en person man förknippade med hederlighet. Den planerade stöten han själv var inblandad i var ju ett typexempel på vilken grupp han tillhörde. Scott bet sig i tungan och bad tyst inombords för sig själv, att inget av det skulle uppdagas. Henrik lovade att höra av sig senare, när han visste hur det blev.

Scott var tvungen att hitta på ett skäl för att kunna sticka och prova fordonen som han ansvarade för under rånet. Det enda trovärdiga han kom på, var att han kunde säga att han skulle åka ner till deras segelbåt och städa den.

-Bra idè, då tar du väl med dig Henrik så han får komma ut lite med, under tiden jobbar jag några timmar på snabbköpet, det var en i kassan som blivit akut sjuk så jag får hoppa in, sade Louise.

Scott hade absolut inte tänkt att ta med sig Henrik när han skulle provköra minibussarna, men såg inte någon möjlighet att avstyra det. För att slippa ljuga fullt ut för Louise, stack han ner till båten direkt efter att de ätit, innan han skulle träffa Oxen och de övriga klockan sjutton. Han städade ur båten så fort han kunde, så att det ändå skulle verka som om han hållit på i flera timmar.

Sedan åkte han till deras mötesplats, Klas lägenhet. Än så länge var bara Klas hemma, så Scott passade på att fråga hur han hade kommit i kontakt med Oxens gäng. Klas ville först inte svara på frågan, utan försökte styra över samtalet på något annat hela tiden. Scott märkte direkt att Klas var pressad och även verkade obekväm med att vara med på en så stor grej, som det här helt klart var. Till slut klämde han dock ur sig, att han var skyldig Oxen pengar. Från början hade det bara varit några tusen, men med en rejäl ockerränta hade summan skenat iväg. Enda chansen Klas såg nu för att göra sig skuldfri, var att hjälpa till vid stöten, få pengar och betala av allt. Precis när han berättat det, började de övriga komma till lägenheten, så Scott kunde inte fråga något mer.

Även om de flesta verkade vara riktiga råbusar, så ville alla fram och kela med Henrik. Scott tyckte att det var en märklig syn, att dessa typer tydligen också hade en mjukare sida än han från början trott, men sade inget. De tre minibussarna som Scott skulle transportera gänget med, var bara några månader gamla och kändes fortfarande som helt nya. Det var ett par grejer på dem som han inte var van vid från andra fordon, så han var glad att han fick bekanta sig med dem innan det gällde på riktigt. Dels var de utrustade med backstarthjälp, vilket var något Scott aldrig kört någon bil med tidigare. Ytterligare ett par nyheter han inte varit med om, var filvarningssystemet som varnade genom vibrationer i ratten om man kom för nära körfältslinjerna, samt den adaptiva farthållaren som gjorde att bilen höll avståndet själv till framförvarande.

Planen var, sade Oxen som åkte med, att Scott skulle vänta i ett av fordonen i en hyrd lagerlokal, cirka tre kilometer från platsen där värdetransportrånet skulle ske. Direkt efter rånet skulle Oxen och de övriga bege sig till Scott i ett eget fordon, samma som de tagit sig till platsen för rånet. Efter omlastning skulle Scott köra dem till nästa plats, belägen i ett skogsområde två mil därifrån. Sista fordonsbytet var planerat till ett liknande område halvvägs till sommarstugan som de skulle gömma sig i, minst ett dygn. Minibussarna skulle vara förberedda för att snabbt kunna brännas ut så att alla tänkbara spår förstördes.

Scott imponerades av noggrannheten och

uppfinningsrikedomen som präglade rånet. Det verkade som om de tänkt på precis allt och att inget kunde gå fel. På samma gång blev han lite fundersam över att ingen kommit på tanken att göra något liknande tidigare. Oxen förklarade, som han gjort en gång tidigare, att det här var ett tillfälle som kanske aldrig skulle återkomma igen. Det var inte säkert att sedlarna bytte utformning inom överskådlig tid igen, dessutom kanske det på sikt blev ett helt kontantlöst samhälle.

-Sedan att nötterna som ansvarar för distributionen vid utbytet till nya sedlar, inte insett att de gamla är lika mycket värda och egentligen behövt lika mycket bevakning som de nya, kan vi ju tacka för! utbrast Oxen, och skrattade.

Scott nickade instämmande utan att säga något. På GPS:en såg han, att om några hundra meter skulle de svänga till höger in på en ännu mindre väg, där fordonsbyte skulle ske. Väl på plats såg han att den var idealisk för ändamålet. Helt skyddat från insyn och med en liten men framkomlig väg som kunde nyttjas i reserv om de var förföljda. Sista stället var liknande, och Scott memorerade färdvägen i huvudet, om navigationssystemet av någon anledning falerade.

Sommarstugan brydde de sig inte om att åka till, utan de begav sig in mot Stockholm igen. Henrik hade för länge sedan somnat i ett av sätena bakom Scott och snarkade tungt.

När de kommit tillbaka, frågade Oxen om det var något han undrade över, men Scott kom inte på något.

Klockan var halvnio när Scott och Henrik kom hem till bostaden. Han var glad att han hunnit hem innan Louise slutade jobba, och fixade ugnspannkaka till henne lagom till hon kom hem. Under tiden den stod i ugnen passade han på att gå över lägenheten med dammsugaren, så att Louise skulle slippa det. När Louise kom från snabbköpet där hon arbetade, var hon tacksam för maten men trött, så hon sade knappt någonting. Scott förstod henne, han hade märkt att graviditeten tagit på hennes krafter senaste tiden. Men på samma gång var han rätt glad åt det just ikväll i alla fall, för då slapp han en massa frågor. Innan de gick och lade sig, kontrollerade Scott att det fanns matlådor i frysen för hela veckan. Två dagar blev det visserligen samma maträtt, köttbullar med potatismos, men skit samma. När han väl kom hem till lunch var han alltid hungrig och i stort sett vad som helst smakade gott. Louise började först efter lunch på måndagen, och sade att hon gärna tog sovmorgon för att vila ut lite. Innerst inne visste hon dock hur det brukade bli med det. Henrik brukade stimma runt i lägenheten när Scott gick upp och därmed väcka henne. Då brukade hon alltid känna att hon var kissnödig och när hon varit på toaletten tyckte hon inte det var lönt att gå och lägga sig igen, utan brukade ta sig till köket och äta frukost tillsammans med Scott. Utan att riktigt tänka sig för, slutade det nästan alltid med att hon erbjöd sig att gå ut och rasta Henrik efter att de ätit. Sedan när hon kom tillbaka med Henrik från parken så var hon ju redan påklädd, och vem i helvete går och lägger sig igen när man väl gått upp och klätt på sig en gång? brukade hon fråga sig själv. Den här morgonen följde tidigare mönster, och blev inget undantag.

Arbetet på bussvårdsanläggningen var hektiskt, men det flöt ändå på ganska bra. Trots att det var en regnig dag, vilket som regel brukade medföra betydligt smutsigare bussar, hann de med allt som det var tänkt. Kanske berodde det på att alla var inställda på att de var tvungna att jobba effektivt och hjälpas åt. Scott fick veta av Niklas Ohlsson som var förman, att redan någon gång under eftermiddagen skulle en ny medarbetare ansluta till deras arbetslag. Han kom direkt från en annan anläggning i Stockholm och behövde därmed bara en enklare introduktion av Scott på sin nya arbetsplats. Det var ganska skönt med lite ombyte i arbetsuppgifterna, tyckte Scott, tiden gick så mycket fortare. Dessutom var det oftast trevligt att träffa nya människor och Scott fick beröm av alla att han skötte sin uppgift bra. Han hade förmågan att lugnt och sakligt visa hur allt fungerade på bästa sätt och kunde lätt anpassa sig till olika individer. När arbetsdagen var slut cyklade han hem till Henrik och tog med honom på en långpromenad. Louise slutade arbeta först klockan nio på kvällen, och var trött när hon kom hem.

-Är det verkligen meningen med livet, att man ska jobba som en idiot tills man fyller sextiofem? frågade Louise som haft en skitdag på jobbet med bland annat en kassaapparat som strulat.

-Tänk, om drygt fyra månader så är vi nyblivna föräldrar, det om något blir väl en höjdpunkt i livet, eller hur! kontrade Scott.

-Jo, det har du rätt i. det känns bara lite tungt just nu, och det värker i ryggen och benen. Och då är det som du säger hela fyra månader kvar, som bara blir värre.

-Men du måste ändå försöka fokusera på det positiva, annars blir det för jobbigt i längden, sade Scott efter ett tag. Han visste att han inte kunde sätta sig in i hur Louise kände sig under graviditeten, även om han försökte. Efter lite kvällsfika gick de och lade sig och somnade nästan direkt.

Rafael tog sin bil och åkte till anstalten för att vara där när besökstiden började efter lunch. Dag och tid var nu fastslagen för fritagning av Mohammed. Det var tisdag morgon klockan fem som Mohammed skulle kalla på vakterna och säga att de var tvungna att tillkalla läkare för att han hade svåra buksmärtor.

-Har ni sett till så vakterna som jobbar i morgon bitti släpper iväg ambulansen utan poliseskort, undrade Mohammed.

-Vi klämmer åt deras familjer när de gått på sitt skift, svarade Rafael och log. När de åkt till jobbet går vi in i deras bostäder och tar gisslan. Via Messenger ringer vi ett par videosamtal till dem och berättar hur de ska göra om de vill träffa sina barn och fruar igen. Jag kan inte tänka mig att det blir några problem med det, utan de kommer helt klart göra som vi säger.

För första gången på länge log Molhammed ordentligt. Allt verkade klockrent planerat och det kändes som om inget kunde gå snett.

-Om ett dygn är jag ute i friheten igen! sade Mohammed på arabiska. Tack käre broder! tillade han och tittade på Rafael med en tacksam blick.

-Jag gör allt för dig, broder, svarade Rafael och gick ut.

Kapitel 9

Redan klockan fyra på morgonen smög Mohammed upp
från sin bädd. Tyst värmde han upp sin kropp och gjorde
övningar för att inte sträcka sig eller kanske vricka en
fotled eller liknande vid flykten. Förmodligen skulle han
bara behöva gå några steg mellan ambulansen till bilen
som hans vänner körde, men man visste ju aldrig om
det blev ändrade planer. Om oturen var framme och det
dök upp en polispatrull just då, tänkte han göra allt för
att försöka springa ifrån dem, och då fick det inte hänga
sig på att han rörde sig som en nittioåring bara för att
han inte värmt upp och stretchat ordentligt.

Lisa hörde att det ringde på ytterdörren och svor för sig
själv.
-Vem i helvete kan det vara, som är så dum att han
ringer på så här dags, precis när Nils har somnat, sade
hon för sig själv. Först tänkte hon inte öppna, men när
dörrklockan ljöd för andra gången och hon hörde sin
tvååring börja skrika, insåg hon att skadan redan var
skedd. Det var lika bra att ta upp Nils, gå och titta vad
det var för en idiot vid ytterdörren, och sedan försöka
söva om honom igen. Tankarna hann fara genom
hennes huvud, kanske det var hennes man som glömt
ta med matlådan till anstalten där han jobbade. Hon
försökte dra sig till minnes, om han haft den med sig när
han åkte för en timme sedan, men kom inte ihåg. Med
Nils på sin högerarm vred hon om låset på ytterdörren

och skulle precis öppna, när handtaget böjdes ned och dörren fläktes upp. Innan hon hann reagera hade två maskerade män trängt sig in i deras bostad. Lisa fruktade för Nils och sitt eget liv, och ville helst av allt skrika, men fick inte fram ett ljud. Ögonen på männen, för det antog hon att det var på deras kroppsbyggnad och de skarpa dragen i ansiktena, talade sitt tydliga språk. Hon såg på dem att om hon gjorde det allra minsta för att påkalla hjälp eller fly, skulle de på ett brutalt sätt hindra henne. Nils verkade helt ovetande om vad som hände, och Lisa kände att sonen somnade om mot hennes axel. Hon var rädd att han skulle vakna igen, för hennes hjärta slog så hårt att det kändes som om det höll på att explodera.

-Om du bara gör som vi säger, kommer ingenting hända med dig eller din son, sade plötsligt en av männen.

-Vad vill ni egentligen då? undrade Lisa med bräcklig röst.

-Du ska bara ringa din man på anstalten, och följer han våra instruktioner väl, blir det inga problem. Vad som händer annars, kan du inte i din vildaste fantasi drömma om! fick hon till svar.

Männen garvade rått och hon anade att de hade rätt på den punkten. Männen var med all sannolikhet kapabla till att göra jävulskap på riktigt mot Nils och henne själv, om de inte fick sin vilja igenom.

När det ringde på Rafaels telefon, såg han att det var en av hans gängmedlemmar. Han berättade att väktarens familj som de skulle besöka, inte var hemma, och undrade hur det gått för de som skulle tränga sig in hos Lisa. Rafael svarade att det förmodligen gått bra för han hade inte hört något annat. Ni kan återgå, det borde räcka med att vi har Lisa och hennes tvååring som gisslan, tillade Rafael innan han avslutade samtalet.

Precis på utsatt tid, larmade Mohammed vakterna för att säga att han inte mådde bra och att de skulle tillkalla läkare. De kom direkt och Mohammed förstod med en gång att de haft ett fruktanvärt arbetspass. Med all säkerhet hade de fått samtal från sina familjer som vädjat till dem att göra som de blev tillsagda, om de ville träffa dem igen. Pressen att inte veta om de var i livet eller om de var försvunna för evigt, kunde knäcka vem som helst, det hade Mohammed själv sett med egna ögon vid liknande tillfällen.

När läkaren kom en halvtimme senare, gjorde han en undersökning av Mohammed. Det dröjde bara några minuter tills han tillkallade ambulans för transport till sjukhuset. Mohammed hörde läkaren säga när han larmade, att det med stor sannolikhet kunde röra sig om en brusten blindtarm, och att det var bråttom.

Mohammed fortsatte att spela att han hade svåra smärtor, så läkaren gav honom en spruta med någonting i. Mohammed tänkte först fråga vad det var, men lät bli. Han hoppades att han inte skulle bli för dåsig av den, utan att det bara var typ morfin eller något liknande mot värk. Om det hjälpte mot värk kunde han inte uttala sig om, för det hade han ingen. Men han kände sig lugnare och mer nöjd med livet, rentav hög efter sprutan, och tänkte att det här ville han ha mer av i framtiden. När ambulansmännen hjälpt Mohammed att lägga sig på båren, frågade en av dem om poliseskort var på väg.

-De möter av någon anledning upp direkt utanför
grindarna, svarade Lisas man som var väktare, nervöst.
-Jaha, fick de larmet när de just börjat äta munkar, eller?
undrade han som körde ambulansen förvånat.
-Antagligen har du rätt, för de ville inte berätta varför.
Men som sagt, det är två polismän som väntar på er så
fort ni kommit ut, sade Lisas man med svetten rinnande
ner från sin panna.
-Mår du inte riktigt bra? frågade den andre
ambulansmannen.
-Nej, jag tror jag fått influensa eller något, min tvåårige
son har varit krasslig några dagar, förmodligen är det
den skiten jag åkt på.
Oroliga för att bli smittade av vakten, skyndade de sig in
i ambulansen och drog iväg med Mohammed. Bara ett
par hundra meter senare vinkade två uniformerade
poliser in dem till vägkanten för att åka med.
Direkt när de stoppat ambulansen, visade de sina vapen
och sade till chauffören att inte köra.
Precis när Mohammed klev ut, stannade en mörk van
bredvid och han satte sig i den. Ambulansmännen
fördes ut där de fick sina händer och fötter ihopsatta
med hjälp av buntband, innan ambulansen låstes och
nycklarna släpptes ned i en brunn. Därmed kunde de
inte kontakta polisen eller ta sig tillbaka till anstalten för
att be om hjälp.
-Det där borde ge oss ett rejält försprång innan polisen
larmas, sade en av dem som varit med vid fritagningen.
-Visst, hoppa in nu så åker vi, sade han som körde.
Det är tyst på mobiltelefonen, vilket innebar att Ali och
Assar inte upptäckt några polispatruller i närheten med

drönaren, tillade han nöjt.

-Då kan du köra lugnt härifrån, så att vi inte gör någon misstänksam, sade Mohammed.

De övriga log i vanen, det var tydligt att Mohammed alltid skulle agera som en ledare, vad som än hände.

Under tiden Mohammed rakade av sig skägget, bytte de om, de som haft polisuniform på sig.

-Linserna kan du behålla i, vi har skaffat ett par glasögon utan någon brytning alls, sade han som körde vanen och gav dem till Mohammed.

-Bra, har ni mitt ID-kort med er också, så kan gärna snuten stoppa oss när de vill, sade Mohammed och skrattade.

-Visst, här är det, fick han till svar.

En timme senare var de framme vid lägenheten där Mohammed skulle vistas den närmaste tiden. Hans fru och Rafael väntade på honom där, och bjöd honom på en riktigt god frukost.

Samtidigt blev Lisa och lille Nils ensamma i sin bostad igen. De hade inte gjort henne illa fysiskt, men det var ändå de mest fasansfulla timmar hon varit med om. Hennes man skulle det dröja ytterligare några timmar tills hon fick träffa igen. Polisen krävde att de förhördes var för sig av utredningstekniska skäl. Både Lisa och hennes man var överens om att han inte skulle arbeta som väktare mer. När sjukskrivningstiden löpt ut, tänkte han gå tillbaka till sitt tidigare yrke som skorstensfejare, som i jämförelse med väktarjobbet kändes betydligt tryggare.

Anton hade inte fällt en tår vid sin brors begravning. Vad det berodde på tänkte han inte fördjupa sig i, möjligen var det för att han supit bort den värsta sorgen direkt efter mordet. Till helgen skulle han ta tåget till Malmö för att köpa vapen och rökhandgranater.

Först tänkte han åkt fram och tillbaka på samma dag, men när han hittade ett hotellerbjudande för under sexhundra kronor, med både frukost och kvällsbuffé, så fick det bli med en övernattning.

Det som bidrog till att han tyckte att han hade råd med det, var att han visste att han skulle få ärva sin brors motorcykel. Anton planerade att sälja den, och var redan bjuden etthundrafemtio tusen kronor för den, av en i hans mc-klubb. Han hade själv en likadan Harley-Davidson, men i bättre skick.

Motorcykeln var egentligen det enda som det var värde i, resten var mest skit som kunde köras till tippen med en gång. Att det inte fanns några andra tillgångar förvånade knappast Anton, han anade vem som undersökt Anders lägenhet direkt efter mordet. Var det som han trodde, mördarna och tillika poliserna, så var det självklart att de passat på att plocka med sig vad de hittade av värde där. Ju mer han tänkte på det, desto mer självklart blev det. Anton hade med egna ögon sett när poliserna som klubbat ihjäl hans bror muddrat honom och sedan gett sig iväg. Med all sannolikhet hade de plockat med sig Anders lägenhetsnycklar innan de for iväg.

Anton ryste till när han tänkte på hur kallblodiga människor det fanns. Men snart ska jag rensa bort de här två från jordens yta, tänkte Anton och log.

När Mohammed ätit frukost tillsammans med sin fru och bror, satte de på TV:n för att se nyheterna. Precis som de anat, var det utfärdat rikslarm efter Mohammed och man hade dragit igång stora sökinsatser, hittills utan resultat. Mitt i sändningen fick Rafael ett textmeddelande, där en gängmedlem skrev att han just klivit på färjan till Tallin. Även vid ombordstigningen hade det gjorts identitetskontroller av alla passagerare, skrev han. Rafael myste lite när han tänkte på hur poliserna skulle försöka bortförklara sig om några timmar när de hittade Mohammeds dumpade pass på färjan.

Mohammed kände sig trött och satt nästan och somnade i soffan. När Rafael såg det, förstod han att det var läge att lämna honom och hans fru i fred och ägna sig åt sina affärer igen. Innan han gick sade han att det förmodligen vore bäst, om han höll sig inomhus ett par dagar. Troligtvis skulle sökandet efter honom vara som mest intensivt de första två dygnen. Hade de inte hittat honom då och dessutom fått indikationer på att han flytt till Tallin, borde det vara betydligt lugnare.

-Då hinner du vila upp dig broder, och njuta av din frus hemlagade mat, tillade Rafael innan han gick.

Mohammede nickade lite otydligt, han hade bara hört Rafaels röst långt borta, för nu var han nära att somna på riktigt.

Scott jublade inombords när han läste textmeddelandet han fått från sin bror Henrik. Där stod att både han och Maria skulle komma upp till dem den kommande helgen och bland annat hjälpa till med upptagningen av båten.

Maria hade packat ihop två resväskor med barnkläder som hon tänkte ta med, skrev Henrik vidare. Dem skulle hon visa för Louise, och ville hon ha dem så fick hon gärna behålla dem.

Eftersom det var full fart på båtvarvet så här års, hade Scott fått tid för avmastning först klockan halvfem på lördagseftermiddagen, vilket dock förde med sig en stor fördel. På så sätt kanske Henrik och han kunde hinna med en sista seglats för säsongen om de kom iväg skapligt på morgonen. När Scott skrev till Henrik om sitt förslag, fick han till svar, att det gjorde han gärna. Varken Maria eller han kunde komma loss från sina arbeten förrän vid sjuttontiden på fredagen, men de borde ändå vara i Stockholm runt sju på kvällen. Därmed fanns ju alla möjligheter att komma i säng skapligt och följdaktligen vara utvilad till lördag morgon. Scott planerade redan vad de kunde ta med sig för fika på sjön, och kom genast på att några mackor med stekt ägg skulle vara smidigt till förmiddagen. Till lunch visste han att det fanns en burk köttsoppa att värma i båten. Det var väl inte det godaste man kunde äta precis, men å andra sidan visste han att Henrik verkligen gjorde allt för att inte bli smällfet igen. Dessutom smakade ju det mesta riktigt gott när man åt det utomhus, och varm soppa borde vara perfekt nu när det började bli kyligt ute.

Scott undrade vart sommaren tagit vägen, hur i helvete kunde tiden gå så fort? Sekunderna senare försökte han tänka ut ett rimligt svar. Han kom fram till, att en bidragande orsak nog var att det var så mycket att göra hela tiden. Han jobbade heltid, skulle snart bli pappa och sedan hade han ju en mindre trevlig uppgift framför sig också. Det var ju det där förbannade rånet som han var tvungen att vara delaktig i, bara för att han inte varit mer noggrann och kollat upp vad det gällde från början. Men om ett par veckor skulle det vara genomfört, och gick det bra behövde han inte nämna det till Louise ens, utan allt kunde bli som vanligt igen. Eller om han skulle visa pengarna för henne, och fråga vad hon tyckte att de skulle göra med dem, det hade han ännu inte bestämt sig för.

Scott kontrollerade hur vädret såg ut att bli till helgen på en som han tyckte var en tillförlitlig väderapp. Den visade mestadels uppehåll, men det kunde komma åt att blåsa en del från öster. Just när det kom vindar därifrån, visste han erfarenhetsmässigt att det gällde att vara på sin vakt. När det blåste så, var det inget skydd mellan öarna utan fritt spelrum för vindbyarna som kunde ta fart långt österifrån. Men å andra sidan visste han att segelbåten var väldigt sjövärdig och tålde en hel del, så det borde inte bli några problem.

Samtidigt som Scott satt och skrev med Henrik, ringde det i Louise mobiltelefon. Det var Maria som undrade om hon skulle ta med kantareller som hon och Henrik plockat tidigare i Nyköpingstrakten. I så fall kunde de göra en stuvning och lägga på smörgåsar eller kanske en paj till fredagskvällen. Louise var överförtjust i svamp och nappade direkt på förslaget. Hon visste att det kanske var mindre bra att vräka i sig för mycket svamp nu när hon var gravid, men lite grann borde ju inte vara någon fara. Maria sade också att hon tänkte ta med några liter flädersaft som hon gjort i somras, vilket kunde vara gott att dricka till.

Slutet på arbetsveckan bara rusade fram, och Scott cyklade nöjt hem på fredagseftermiddagen när den var färdig. Han tänkte fråga Louise, som han visste hade slutat ett par timmar tidigare, om hon ville följa med ut med Henrik på en promenad. Senaste dagarna hade hon haft lite ont av foglossning och känt sig orolig, så det var inte säkert att hon ville följa med. Som han befarat, ville hon vara hemma och vila, men erbjöd sig att steka ägg under tiden som Henrik rastades, om Scott dammsög lägenheten när de kom tillbaka.

Klockan var nästan åtta på kvällen när Henrik och Maria kom. Köerna hade varit oändliga och de hade fått åka en lång omväg på grund av ett vägarbete. De märktes på Henrik att han var irriterad och trött, men så fort de börjat äta smörgåsarna med svampstuvning, blev han lugnare.

-Jag är ingen kömänniska, jag hatar när folk såsar omkring och är i vägen för mig, utbrast han efter ett tag.

-Imorgon ska vi ut och segla, då är det ingen trängsel, sade Scott och log mot sin bror.

-Det ska bli skönt, jag har verkligen sett fram mot det här. Att få känna friheten och naturkrafterna är mäktigt, man känner sig så ren och oskuldsfull sade han, och tittade upp i taket medan han för ett ögonblick drömde sig bort.

-Du skulle ju blivit poet, för fan! utbrast Louise spontant när hon hörde Henriks djupa ord, innan hon började skratta.

-Dra åt skogen! sade Henrik, och garvade själv åt analysen han gjort. Nu är det dags för fredagsmys, tillade han och tog fram en flaska skotsk whiskey han haft med sig.

Tidigt nästa morgon packade Scott och Henrik ihop det de behövde ha med sig och åkte ner till båthamnen. Vinden friskade i en del och det kändes lite kyligt fast solen sken. Den stod ganska lågt och de visste att den inte skulle orka upp så värst långt innan den började gå ner igen. Det gjorde egentligen inte så mycket, för de hade flera lager med varma kläder på sig för att inte frysa. I och med att man satt still det mesta vid segling, och inte rörde på sig nämnvärt, så gällde det att vara rejält påbyltad. Enda stället de frös om var ansiktena, men så fort de satt seglen och släppt ut rullfocken, var det som om det inte fanns tid att tänka på det. Båten krängde så pass att både Scott och Henrik blev lite oroliga och kände att det var läge för full koncentration på seglingen för att inget obehagligt skulle ske. På samma gång var det ju det här de längtade efter, att känna adrenalinet strömma till och få anstränga sig mentalt fullt ut, för att klara av båten i de här svåra förhållandena.

Efter ett tag, när de tagit ner focken och satt stormsegel istället, kändes det lugnare och de fick bättre kontroll på segelbåten. Vågorna började dock bli alltmer besvärande och båten bröt dem snett framifrån. De visste, nu när de var tvungna att kryssa fram, att särskilt vändningarna var riskabla.

Under tiden kom Louise och Maria tillbaka till lägenheten efter att de tagit en kort promenad med Henrik för att rasta honom. Louise hade mindre ont nu än dagen innan, vad det berodde på visste hon inte. Kanske spelade det roll hur hon hade legat under natten, eller om det var värst när hon satt på jobbet. Hittills hade värken kommit så oförutsägbart så hon visste inte alls. Av barnmorskan hade hon fått ett flummigt svar när hon tagit upp det, men hon tänkte söka på nätet när hon fick tid. Trots att Maria fått tvillingar så hade hon inte drabbats av foglossning, så hon hade inga råd att ge. Kläderna tvillingarna haft när de var små var inte mycket slitna. Visst syntes det på modeller och färger att Maria köpt olika kläder till pojken och flickan, men på det hela taget skulle Jonathan, deras son, kunna använda det mesta.

Samtidigt såg Scott att det snart var dags för en vändning av båten för att inte komma för nära land. Nyligen hade de mött ett mindre lastfartyg som rivit upp extra höga vågor som de fått ta sig igenom. Det hade gått bra, förutom att en lina till ett av seglen slagit knut på sig själv. Scott såg att han måste upp på rufftaket för att fixa till det, innan vändningen. I skydd av en ö avtog vinden lite, men vågorna var fortsatt relativt höga.

-Jag måste lösa upp den där knuten innan vi vänder! skrek Scott till Henrik och pekade. Var beredd att lägga om rodret när jag säger till, fortsatte Scott.

-Ajaj, kapten! svarade Henrik, och log. Han såg ingen direkt fara i det hela utan tyckte det såg rätt lugnt ut. Det hade tidigare hänt att linorna trasslat sig lite och det hade inte medfört några problem. Visserligen var sjön grövre nu, men vågorna var relativt kontinuerliga, så det skulle säkert gå fint.

När Scott kom upp på rufftaket fick han se att de var tvungna att vända tidigare än han trott, för han såg brottsjöar innan ön. Helt klart att där var ett grund som inte var utmärkt på sjökortet.

Precis när han fått upp knuten, vilket gick relativt fort, kände han hur båten krängde till med ohygglig kraft. Först trodde han att Henrik lagt om rodret för tidigt, innan han sagt till, men när han tittade upp så såg han att så inte var fallet.

Plötsligt märkte Scott att hans fotfäste försvunnit helt, och att han obönhörligen var på väg att ramla i vattnet. Sista tanken som passerade hans hjärna innan han nådde vattenytan, var att det måste varit en efterdyning från lastfartyget de mött tidigare. Det borde inte kommit som en överraskning för honom, han hade varit med om det förr. Men den här gången hade han inte haft en tanke på att det kunde bli så här.

Kapitel 10

Mohammed slutade andas när han hörde steg närma sig utanför lägenhetsdörren. Normalt sett hade han knappast uppmärksammat dem, men nu när han var efterlyst var han på helspänn. Plötsligt ringde det på och hans fru stannade upp med dukningen som hon höll på med i köket. Mohammed hoppades att den som ringde på skulle bege sig därifrån och tro att det inte var någon hemma, men när det ringde på för tredje gången smög han försiktigt fram för att se i titthålet vem det var som var så förbannat envis.

Till sin stora förtjusning fick han se att det var två av hans söner, Ali och Assar. När han öppnat kramade han om dem och berättade att han saknat dem. Snart var kaffet framdukat och de satt och pratade om allt möjligt en bra stund. De kom överens om att så fort skulden till Rafael var avbetald, så var det en egen verksamhet som skulle byggas upp. Förmodligen blev det i någon av förorterna till Stockholm, vilken var för tidigt att bestämma sig för. Det var viktigt att göra en ordentlig undersökning först, för att se om det redan fanns langare där. Det minsta man ville råka ut för, var att bli indragen i något gängkrig där de själva var alldeles för få för att kunna vinna ett sådant. En idé de hade, var att börja sälja någon helt ny drog, som ingen annan tillhandahöll. Därmed kunde de lättare slå sig in på marknaden igen, som verkade helt galen. Ali berättade att de hela tiden fick förfrågningar om de inte kunde leverera större partier till sina kunder. Mohammed berättade att Rafael ville ha honom som medhjälpare vid inköp av droger, som sedan skulle säljas vidare på gatan, av bland annat Ali och Assar.

På nyhetssändningen vid sexton visades passfotot av Mohammed upp som man funnit på färjan till Tallin. Polisen bad om allmänhetens hjälp att finna mannen, som man trodde fortfarande kunde befinna sig i Sverige. Detta på grund av att man inte sett någon på övervakninigskamerorna vid ombordstigningen som liknade passfotot. Mohammed och hans söner blev först imponerade av att polisen inte gått på finten att han lämnat landet, men skrattade sedan åt bilden som var helt olik mot hur han såg ut nu. Skulle han bli gripen var orsaken i så fall att polisen blivit tipsad av någon i Rafaels gäng, vilket han inte trodde. Men riktigt säker var han inte, det fanns kanske någon som retat sig på honom och ville hämnas.

Mohammeds fru bad Assar och Ali följa med till hennes lägenhet för att hämta kläder och en del annat som hon saknade. Normalt sett hade hon klarat det själv, men av någon anledning hade hon fått ont i en handled och hade svårt att bära för mycket.

-Inga problem, svarade Assar, vi kan hjälpa dig.

En kvart senare åkte de med sin moder i en bil som var registrerad på henne, sedan en tid tillbaka.

På en av de västra infarterna till Stockholm hade de stått nu, i över två timmar och haft nykterhetskontroller av fordonsförare. Hittills hade de tagit åtta förare som blåst positivt och två som saknat giltigt körkort. Dessutom hade det varit körförbud på några bilar och en hade visat sig vara stulen. Sammantaget gjorde sådana här kontroller, med en massa olika rapporter, att jobbet kändes omväxlande och intressant, plus att tiden gick grymt fort. Det gick inte att slappna av för mycket, risken fanns alltid att någon tänkte köra på dem eller försöka smita ifrån dem, något som inträffat ibland.

-Vinka in den vita bilen som kommer efter lastbilen, jag känner på mig att det är läge för det, sade Jonas och log.

-Okej, det kan jag väl göra, om du nu tror att kvinnan som kör bilen är full som ett as, sade Markus och skrattade.

-Hej! jag heter Jonas och vi har nykterhetskontroll här idag, får jag be er blåsa i den här? sade Jonas när hon öppnat sin sidoruta på bilen.

Utan att svara tog kvinnan mätaren och blåste, utan att den gav något positivt utslag.

-Bra, kan jag få se körkortet med? fortsatte Jonas och försökte låta trevlig, trots att kärringen tydligen var stum. När hon tog fram sitt körkort passade Jonas på att titta in i bilen och såg två yngre män i baksätet.

-Allt i sin ordning, tack för besväret och ha en trevlig resa, sade Jonas när han sett att körkortet var okej.

När hon kört iväg, slog det Jonas att han tyckt sig känna igen männen i bilens baksäte. Någonstans hade han sett dem, eller bilder på dem, men var?

Kanske kom han på det senare, det fanns inte tid att tänka på det nu, för Markus hade redan vinkat in nästa bil, en blå Passat.

-Det var nära ögat, sade Ali nervöst medan modern fortsatte köra in mot Stockholm.

-Visst var det snutarna som körde omkring med henne vi kidnappat, eller hur, sade Assar.

-Helt klart, jag såg dem tydligt då, vid avfarten till en bensinstation, vi låg jämsides ett tag, fortsatte Ali.

-Tror du att han kände igen oss? frågade Assar.

-Nej, då hade han aldrig släppt iväg oss. Möjligtvis kommer han på om ett tag, att det var vi som satt i bilen, men då är det redan för sent för dem att finna oss.

-Vi får ta en annan väg ut från Stockholm och hoppas att de inte flyttat sig och står där då, sade modern som inte sagt något på hela tiden innan.

Jonas var ovanligt tyst när de var på väg in till polisstationen igen. Han kunde inte släppa att de han sett i baksätet på den vita bilen verkat så bekanta, ändå hade han hittills inte kunnat placera var han hade sett dem någonstans.

-Ska vi ta ett pass på gymmet när vi slutat jobba, eller har du något annat inplanerat? undrade Markus som körde.

-Det kan vi göra, egentligen var det tänkt att jag skulle följa med Alice till svärföräldrarna och fira hennes farsgubbe ikväll, men det har jag ingen lust med. Visserligen fyller han jämt, men jag orkar inte höra på den skrävliga brakskiten. Jag tror han är född i Göteborg, bara det säger ju allt, fortsatte Jonas.

-Låter som ett perfekt tillfälle att gå till gymmet istället, hör jag, sade Markus och skrattade.

-Jävlar! nu kom jag på vilka som satt i baksätet på den vita bilen du vinkade in, du vet den med den stumma kärringen bakom ratten. Det var ju för tusan dem vi söker efter, de som höll Marie tillfångatagen!

-Fasen också, du har rätt! jag fick bara en skymt av dem när de åkte iväg, men det var samma plyten som åkte bredvid mig och Marie när vi skulle svänga av och tanka för några veckor sedan. De hade stulit en polisbil då och hade uniformer på sig, men de fula nyllena känner jag igen! sade Markus upphetsat.

-Tyvärr kommer jag inte ihåg vad det stod för namn på den stumma kärringens körkort. Det var givetvis inte inget namn typ Alva Svensson, utan något som varken du eller jag kan uttala, fortsatte Jonas uppgivet.

-Skit också, då har vi inte mycket att gå på. Det enda som verkar tydligt, är väl att våra misstankar om att typerna befinner sig väster om Stockholm, typ Eskilstuna, har förstärkts.

-Ja, det har du nog rätt i, sade Jonas, medan han förgäves försökte minnas mer om kärringen och den vita bilen.

Efterdyningen! Hur fasen kunde han glömma den? hann Scott tänka när han fortfarande var i luften med bara några decimeter kvar till havet med drygt meterhöga vågor. Så mycket hade han vistats på sjön, att han vid ett flertal gånger råkat ut för en extra hög och lång våg som kom ett tag efter de vanliga som en båt med lite tyngd och fart ofta orsakade. Men den här gången hade han inte alls varit beredd på den. Scott förvånades också av att han lyckades med att hinna tänka så mycket på så kort tid. Det verkade som om antingen fallet gick extra långsamt av någon övernaturlig anledning, eller att hans hjärna arbetade extremt fort just för tillfället. Oavsett vad det berodde på, var konsekvensen av hans ödesdigra misstag ofrånkomlig. När som helst skulle han handlöst falla i det kalla vattnet och kanske aldrig mer komma upp igen. När hans kropp började bryta vattenytan drog han sig till minnes att han hört, att dö genom att frysa ihjäl, var ett av de sätt som var mest okej. Man skulle visst domna bort och tycka det var skönt på något sätt. Men det kanske inte fungerade i det här havsvattnet som fortfarande hade en temperatur på cirka tolv plusgrader. Förmodligen måste det vara närmare noll grader för att det skulle vara någon risk, blev Scotts nästa slutsats. Fast hur fan kan någon veta att det är skönare att frysa ihjäl än att bli skållad till döds av ett knippe kannibaler? är det någon som har frågat någon som varit med om det på riktigt, och vad fick han för svar, undrade Scott som för tillfället var helt under ytan.

Plötsligt kände han en krok lyfta honom i grenen med en ohygglig kraft. Förmodligen var kulorna på väg upp i halsgropen och han kunde säkerligen sjunga som tenor i någon manskör efter den omilda behandlingen, hann Scott tänka medan han gjorde allt för att få syn på vem som höll på att jävlas med honom. Det var till en början lättare tänkt än gjort, för efter kallsuparna tårades ögonen som dessutom var irriterade av saltvattnet. Han kände hur han drogs längs babordssidan på segelbåten till aktern där badbryggan fanns. Instinktivt grep Scott tag i badstegen och såg i samma ögonblick vem som omplacerat kulorna på honom. Det var förstås hans bror som räddat livet på honom. När Scott kom upp till sittbrunnen såg han också att Henrik hade lyckats reva seglen så att båten lyckligtvis drev från bränningarna. Tyvärr hade Scott nyligen plockat ur ombyteskläderna som legat i båten. Detta hade skett samtidigt som de tagit ur båtdynorna i ruffen, för att Louises mamma skulle byta tyg på dem. Det fanns lyckligtvis ett par kökshandukar kvar som han kunde torka sig på, och Henrik hade så många lager med kläder på sig att han utan vidare kunde undvara ett av dem till Scott.

Huttrande satt Scott vid öppningen till ruffen där vinden inte kom åt så mycket. Henrik hällde snabbt upp en mugg rykande hett kaffe ur termosen till honom och tog fram äggsmörgåsarna. Det smakade perfekt, och efter en stund kände Scott att han inte skakade längre, utan på det hela taget mådde rätt fint. Det viktigaste var att han snabbt fått torra kläder på sig och något varmt att dricka. På samma gång som fallet i vattnet inneburit en hemsk upplevelse, som han kände att han inte fullt ut kunde kontrollera, så var det väldigt uppfriskande att ta ett höstdopp. Scott var glad att han haft flyväst på sig och att han inte slagit i huvudet när han ramlat över bord. En sak förbryllades han dock över, och var tvungen att fråga Henrik om.

-Vad använde du för föremål när du lyfte mig i grenen för att jag inte skulle drunkna, egentligen? frågade Scott med pipig röst.

-Hehe, jag tog den stora båtshaken, och jag tror jag fick ett bra grepp med en gång, för du åkte med som en vante! sade Henrik och skrattade.

-Tack för att du räddade livet på mig, svarade Scott, för det kände han sig tvungen att säga. Han var trots det inte helt tillfreds med den bryska behandlingen han fått, och kunde därför inte se en skadeglad storebror i ögonen som satt och skrattade åt honom, utan tittade istället ut över havet.

-Nu får vi nog bege oss in mot hamn igen, sade Henrik och tittade på klockan. Om vi hjälps åt med att sätta segel igen, så kanske jag kan värma på köttsoppan sedan, föreslog Henrik.

-Det låter som en bra idè, så gör vi svarade Scott.

Det var fler än Anton som satt och suckade den här lördagsmorgonen på Centralstationen. Över två timmar hade han väntat på ett tåg som ingen jävel visste var det befann sig. Det fanns ingen att fråga, och försökte man gå ut på deras hemsida så visade det sig att det inte gick. Förmodligen var den överbelastad. Det gick efter ett tag rykten i folksamlingen, om att det var något signalfel som var orsaken tilll tågstoppet, men att det förhoppningsvis skulle vara avhjälpt snart.

En kvart senare blev det äntligen ombordstigning och tåget började rulla söderut. Tyvärr var det ont om sittplatser, så Anton fick sitta på golvet ända till Nyköping. När han sedan satt sig till rätta i en stol, låtsades han sova för att inte känna sig tvungen att släppa bort sin sittplats till någon. Innerst inne förstod han, att det var många i vagnen som ansåg att det fanns andra där, som behövde den bättre. Dels var det rätt många gamlingar på tåget, men även ett par barnfamiljer med tjuriga ungar.

Den här skiten har man betalat för, tänkte Anton fortfarande med slutna ögon, och ångrade att han inte tagit sin motorcykel istället. Några timmar senare än vad det stått i tidtabellen, rullade äntligen tåget in i Malmö. Anton hade tidigare kollat upp vilken stadsbuss han skulle ta för att komma till hotellet, och därifrån var det bara tio minuters gångväg till motorcykelbutiken. Han hoppades att han hann dit innan de stängde, och det borde gå, om de inte bommade igen före klockan ett. Det flöt på bra, och när han checkat in på hotellet och även hunnit handla mc-delarna han skulle ha, var klockan inte mer än halvett. Det var inga stora eller tunga prylar han köpt, så han beslöt sig för att fortsätta gå till restaurangen där han fått veta att man kunde köpa vapen.

Enligt en bekant som Anton hade, fick man visa en bild på vad man sökte, samtidigt som man betalade. En stund senare fick man veta vad man skulle betala till ett swish-konto, samt när vapnet kunde hämtas. Det var alltid full förskottsbetalning som gällde, vilket gjorde Anton lite orolig för om han skulle bli lurad. Det var trots allt tolv tusen kronor för automatvapnet och två rökhandgranater. Men han insåg att han fick chansa och hoppas på att det löste sig, det verkade inte finnas någon annan möjlighet.

Det var lunchdags och han passade på att beställa något att äta. På grund av att det var lördag, så hade de inte någon dagens rätt att erbjuda, däremot fanns det en helgbuffé för nittioåtta kronor inklusive dryck som såg lovande ut. Den var helt okej, och en stund senare gick Anton nöjd och belåten därifrån bort till sitt hotellrum. Innan han gått, hade han fått veta att varorna fanns att hämta nästa förmiddag på en adress nere i hamnområdet. Trött efter en strulig förmiddag lade han sig på sängen och somnade, utan att ens ta av sig jacka eller skor. Det sista han tänkte innan han somnade, var att han ville att det redan skulle vara söndag mitt på dagen, och att han var på väg från Malmö, med vapnet med sig. Om det inte fanns någon på adressen han fått, var han blåst, och skulle inte kunna göra ett skit åt det. Anton hatade tillfällen han inte kunde kontrollera och det här var verkligen ett sådant.

Några timmar senare vaknade han, och kände sig hyggligt utvilad. Det serverades eftermiddagskaffe med kaka på hotellet, vilket satt fint och fick igång hjärnan igen. Lite rastlös bestämde han sig för att han måste hitta på något. Det får bli en dusch, en pizza och sedan någon film på bio, kom han fram till. Konstigt nog var han redan hungrig igen, trots att han tryckt i sig massor med mat för bara några timmar sedan. Anton klappade sig på isterbuken när han stod i duschen och märkte hur den bara dallrade och det verkade som den aldrig ville stanna. Påminner en hel del om en jättegodisråtta i konsistensen, tänkte han och log. Anton insåg att han såg fruktansvärt motbjudande ut, och skulle han någon gång få slut på singellivet, vore det absolut läge att ändra livsstil snart. Förmodligen fanns det ingen kvinna som ville ha ihop det med en karl som såg ut som en flodhäst, och om det nu gjorde det, hade hon väl antagligen samma kroppshydda som han själv. Anton tänkte tanken på en sådan kropp och kom fram till att det var inget han någonsin skulle gå igång på. Tyvärr var hans karaktär inte den bästa, och sådana här tankar, att han skulle börja banta, brukade han skjuta upp till morgondagen. Suckande gick han ut ur duschen igen.

Kapitel 11

Sällan hade väl en burk köttsoppa smakat så gott,
tänkte Scott när Henrik kom ut med en tallrik till honom.
De hade nu bara en sjömil kvar till hamnen, och gick allt
som planerat så borde de vara framme med en
halvtimme till godo innan det var dags för avmastning.
Allt gick bra, och en kran lyfte sedan upp båten till en
båtvagn som Scott fått överta av en släkting. Redan vid
nittontiden stod segelbåten på sin uppställningsplats,
och då var den även täckt med en presenning.
På väg hem till Louise och Maria, ringde de från bilen
och frågade om de behövde köpa med något, men allt
var redan ordnat.
-Scott har badat, med kläderna på! utbrast Henrik när de
kom innanför dörren.
-Vad har du nu gjort, frågade Louise och tittade oroligt
på Scott
-Ah, jag ville bara kontrollera om flytvästen fungerade,
och det gjorde den, svarade Scott för att tona ner
incidenten. Men jag ska ta en varm dusch direkt, för det
känner jag, att det skulle vara skönt.
-Gör du det, men sedan vill jag veta vad du haft för dig
egentligen. Det är väl iskallt i vattnet så här års, så det
kan väl aldrig vara bra att bada i det, fortsatte Louise.
-Gick det bra att få upp båten på land? undrade Maria.
-Jo det gick fint, riggen ligger på en ställning och båten
är täckt för vintern, sade Henrik nöjt. Vad får vi för mat,
förresten?

-Det blir ugnsstekt kyckling med vitlökssås och klyftpotatis, svarade Louise.

-Toppen, det är en av mina favoriter, sade Henrik och kände hur det vattnades i munnen. Maria, har du köpt något gott vin idag till maten? undrade han nyfiket.

-Jag har köpt två flaskor av en ny sort som jag inte kommer ihåg namnet på, men det var visst perfekt till fågel stod det på en lapp där jag tog dem, svarade Maria nöjt. Dessutom tog jag ett alkoholfritt alternativ till Louise som också börjat säljas efter sommaren.

-Jag har tagit fram kläder till dig som ligger på sängen i sovrummet, sade Louise till Scott som var på väg ut från badrummet med ett badlakan om sig. Maten är snart färdig så vi kan äta när du klätt på dig, tillade hon medan doften av varm vitlökssås spred sig i lägenheten.

Förmodligen luktade det god mat i hela huset, för det brukade det göra när någon lagade något. Kanske var det något fel på köksfläktarna eller ventilationen, det var det ingen som visste. Vaktmästaren hade letat efter orsaken men inget hittat.

-Efter en utsökt måltid fortsatte Louise och Maria med det de gjort en del tidigare under dagen, nämligen titta på barnkläder. Scott och Henrik satte sig i rummet med varsin whiskey och kopplade av.

-Du ser lite bekymrad ut, sade Scott som såg ett par extra rynkor i sin storebrors panna.

-Jaså, syns det. Jag tänkte inte tagit upp det och lasta dig med mina bekymmer, men nu när du anar att det är något så är det väl bäst att jag säger vad det är, sade Henrik med en frågande blick mot slutet.

-Visst, kläm fram det, sade Scott och försökte mobilisera

sin hjärna på att lösa Henriks problem.

-Det kommer över mig hela tiden när Maria plockar med våra tvillingars kläder från när de var små. Jag påminns av hur bra det mesta kändes då, vad jag kommer ihåg nu, i alla fall. När man var mitt uppe i det, tyckte jag nog att bekymren man hade då, egentligen var rätt stora. Det kunde vara en gräsfläck på byxorna eller ett glas som for i golvet och gick i tusen bitar. Sådant kunde ju få mig att explodera precis som om det var livsviktigt. På senare tid har jag hunnit tänka mer nyktert på det hela, och insett att det vår mamma sade ibland stämmer allt för väl. Små barn är lika med små bekymmer och stora barn är lika med stora.

Så länge barnen bodde hemma var allt frid och fröjd, och det är det för dottern Emma än, hon pluggar till förskollärare i Norrköping, som du kanske vet.

Scott nickade instämmande men sade inget, han ville inte avbryta Henrik nu.

Däremot för Oskar verkar det som om han har kommit på kant med det mesta. Efter fordonsprogrammet på gymnasiet fick han inget slutbetyg, det hängde sig på matematiken och engelskan. Istället för att satsa på att bli godkänd ,började han hänga med ett gäng på torget i Nyköping. Sista månaderna har han inte svarat när jag försökt ringa till honom, och det är samma sak om Maria försöker. Det enda han gör ibland, är att komma hem till vårt hus och be om pengar, men det gör han när inte jag är hemma. Var han bor eller om han går på droger har vi inte en aning om. Vad tycker du vi ska göra? både Maria och jag känner oss helt misslyckade som föräldrar.

-Ja, jag vet faktiskt inte riktigt. Jag tror att förutsättningen att komma ur skiten är nog att Oskar vill ställa problemen till rätta själv. Om någon försöker övertala honom att ändra sitt levnadssätt, och han inte alls känner sig motiverad för det, är nog risken stor att han sjunker längre ner. Särskilt om ni som föräldrar tjatar på honom blir det säkert att han i ren trots gör precis tvärtom. Jag kan tänka mig att försöka prata med honom, själv är jag ju ett levande bevis på hur det går om man inte sköter sig som man ska. Jag har ju elva kortare fängelsestraff bakom mig, så berättar jag om vad jag missat här i livet för att jag suttit inne, kanske det kan vara en väckarklocka för honom. Har inte polisen tagit in honom någon gång och meddelat er? undrade Scott.

-Jo, två gånger, men det var innan han fyllt tjugo. De undrade mest om var han fått tag på alkoholen, om det var vi som köpt ut den. Det håller ju på att bli värsta mardrömmen för mig och Maria, tänk om det går lika illa för vår son Oskar som för din och min lillebror Jonathan, som knarkade ihjäl sig när han var trettio, sade Henrik. Rösten bröt på slutet och det syntes tydligt på de tårfyllda ögonen att gråten var nära.

-Droger är ett jävla skit, sade Scott innan han förblev tyst ett tag. Han försökte sätta sig in i hur Henrik och Maria hade det. Förmodligen hade hans mamma haft samma elände för honom själv och Jonathan. Troligtvis hade deras strulande, varit en bidragande orsak till att hon fått svåra psykiska besvär. Hennes man och deras far, hade förmodligen skitit i vilket. Han hade så länge Scott kunde minnas, när han levde, bara ägnat sig åt att supa och på olika sätt jävlas med alla i sin närhet. Scott kände att livet var fruktansvärt tungt för tillfället. Inte nog med att han själv skulle göra en riskfylld stöt inom ett par veckor. Dessutom krävdes det att han fick loss Oskar från drogträsket, i första hand för Oskar själv. Men även på grund av att risken var överhängande, att Henrik tappade livsgnistan han lyckats bygga upp på sistone och istället börja supa igen.

Alkohol var ingen bra lösnig på problemet, det visste Scott grymt väl. Ändå kunde han inte motstå frestelsen att hälla upp en stor whiskey till sig själv.

Henrik gjorde likadant, medan han småhulkande grät åt hela helvetet som hade drabbat dem.

Efter ett par starköl som han tagit med upp till hotellrummet, började Anton komma i form igen. Bantartankarna blev mindre påtagliga för varje klunk han tog, och när han fått på sig en ren t-shirt, tyckte han själv att han såg hyggligt muskulös ut, åtminstone framifrån. I profil syntes dock tydligt att det inte fanns någon stor bröstkorg, den satt nämligen alldeles för lågt. Jeansen var som väl inget större problem att knäppa, för de var av en ganska låg modell vilket gjorde att de hamnade under buken.

När han fått på sig jacka och skor med, så var han färdig att dra ut på stan. Först ville han se ut någon bra film och kolla när den började, innan han skulle äta.

Det dröjde inte länge förrän han hittat en thriller som verkade sevärd, nämligen "The Great Wall" med Matt Damon i huvudrollen. Anton hade läst att filmen kostat 135 miljoner dollar att göra, så den borde vara bra. Dessutom var skådisen en av hans favoriter. Det var drygt en och en halvtimme tills filmen började, så när han köpt en biljett tog han sig ut på gågatan igen. Femtio meter senare hittade han en pizzeria som såg ut att ha vad han sökte, fetstor pizza med allt möjligt på.

När det gått ett par dagar och han ännu inte kunde komma på registreringsnumret på den vita bilen, eller namnet på kvinnan som fått göra ett utandningsprov, gav Jonas upp. Han var nu helt säker på att det var männen de sökte som suttit i baksätet, men det hjälpte ju inte. Det var absolut utsiktslöst att spåra dem, hade både han och Markus insett. Jonas märkte på Markus att han tyckte det var klantigt av honom att inte ha kommit på det direkt, då hade de varit omhändertagna vid det här laget. Markus hade inte rent ut kritiserat honom för missen, bara sagt att det var sällan man fick ett sådant drömläge, att en kärring levererar två typer på ett silverfat till dem. Jonas förbannade sin sega hjärna och önskade att han kunde backa tillbaka tiden och ställa allting till rätta. I så fall hade de som hållit Marie tillfångatagen, varit filèade vid det här laget. Det som gällde istället nu, var att satsa på att finna dem i Eskilstuna.
-Vi kunde försöka få kontakt med de som håller på med föräldravandring på kvällar och nätter. De kanske känner igen dem och kan upplysa oss om var vi kan finna dem, föreslog Jonas.
-Det låter som en bra idè, svarade Markus efter ett tag när han funderat lite. Vid närmare eftertanke var det nog ett riktigt lysande förslag som Jonas kommit med. Föräldrarna som engagerade sig i sådant här, borde

vara de som var väldigt angelägna om att de som langade droger till deras barn, rensades bort. Plötsligt small det till högt, och Jonas som körde polisbilen vinglade till med ratten. Det dröjde några tiondelar av en sekund innan han fattade vad det var, och då small det igen, lika högt som innan. På väg in i en av förorterna till Stockholm, för att bistå en ambulansutryckning, hade de själva blivit utsatta för stenkastning. Vindrutan och bakre sidorutan var spräckta, men ingen av stenarna hade gått igenom. Först tänkte Jonas stanna polisbilen och kliva ut och skjuta ligisterna, men när han såg att de var ett trettiotal insåg han att det var bättre att snabbt köra därifrån. Markus kontaktade samtidigt ambulanspersonalen att det med all sannolikhet var en fälla som var riggad, och att de inte borde åka in där. Åtminstone inte förrän fler poliser kunde ansluta så att det kunde ske lite säkrare. Helt riskfritt var dock naivt att räkna med, det var alldeles för många idioter som ägnade sig åt stenkastning och skottlossning mot blåljuspersonal numer.

-Snart skiter jag i att Alice vill vara ihop med en man som har ett farligt yrke. Länge har jag drömt om att bli snickare istället. Tänk dig dubbelt så mycket i lön, bättre arbetstider och ingen som hatar en så mycket att de vill ta ens liv. Vill hon inte ha mig om jag byter jobb, får hon skaffa någon annan, fortsatte Jonas upprört.

-Jag kan inte säga emot. En medelväg kunde väl möjligen vara att söka en tjänst i något bonnasamhälle, där det inte finns så många parasiter, svarade Markus och suckade.

Framåt midnatt, när alla kommit till sängs i lägenheten, frågade Scott viskande till Louise, om Maria hade tagit upp något om Oskar som kommit på sned.

-Inte ett ord, men jag anade att det var något som tyngde henne, för några gånger idag när vi pratade var det som om hon inte lyssnade riktigt, utan var frånvarande på något sätt. Tycker du jag ska ta upp det med henne i morgon, eller ska jag vänta tills hon säger något själv, undrade Louise.

-Jag vet inte vad som är bäst, sådant har du nog lättare att känna av än jag, svarade Scott.

Att gå på bio och inte köpa en hink popcorn, hade aldrig inträffat så länge Anton kunde minnas. Den här kvällen blev inget undantag, och om han blev törstig, vilket var ganska troligt, så hade han garderat sig. I innerfickan på sin slitna jeansväst hade han en starköl som han tagit med sig från hotellrummet. Det borde bli ganska bra stämning under filmen för det var drygt halvfullt i salongen. Anton gillade när det kom spontana reaktioner hos biobesökarna, det var ju det som var meningen med att se film tillsammans. Att se någonting hemma på TV.n var inte alls lika givande, tänkte Anton när han satte sig. Enda fördelen att se något hemma, var att fåtöljen med fotpall var betydligt skönare att sitta i. De flesta biografer han varit på hade dimensionerat sittplatserna för pygmeèr, ett problem han tänkte skriva om på sociala medier när han kom hem. Precis bakom sig hörde han hur någon stönande lämnade sin plats för att sätta sig någon annanstans. Anton förstod att han skymt sikten för dvärgen, men det sket han i.

Filmen som handlat om kinesiska muren, överträffade Antons förväntningar, och det var absolut en film han skulle kunna tänka sig att se om. När han kom ut igen för att gå tillbaka till hotellet, kände han sig glad och upprymd.

Plötsligt slog det honom varför han egentligen var i Malmö. Farhågorna om att det kunde gå snett nästa dag skrämde honom. Tänk om typerna han beställt vapnet av, sköt honom och på så sätt behöll både pengarna och automatkarbinen för sig själva, var en tanke som kom upp. För att komma i balans igen öppnade han en öl till direkt när han kom tillbaka, vilket fick den värsta oron att lägga sig.

För att hinna äta en stadig frukost innan mötet nere i hamnområdet klockan elva, satte han larmet på sin mobiltelefon.

Anton somnade nästan genast när han lagt sig och drörmde om att han själv var som Matt Damon från filmen. Han kände att alla problem var som bortblåsta, för stunden i alla fall. Väl utsövd när larmet ljöd klockan åtta, så visste han vad som gällde. Inte verka rädd och mesig vid mötet, utan istället brösta upp sig och fokusera på uppgiften, och gå därifrån med det han hade beställt.

Till sin förvåning gick allt hur smidigt som helst, när han kom till mötesplatsen såg han samma person han pratat med dagen innnan stå och röka med en bag i ena handen. Utan ett ord lämnade han över den till Anton och gick därifrån till en väntande bil. Han kände på bagens tyngd att han knappast blivit lurad, men tittade inte i den förrän han kom till hotellrummet igen.

Kapitel 12

Vid frukosten hos Scott på söndagsmorgonen, berättade Maria att de skulle åka hem till sig igen, redan under förmiddagen. Hon sade att hon tyckte att det var trevligt att hälsa på, men att hon hade en del att göra hemma. Hennes man Henrik sade inget, men nickade instämmande.

Både Scott och Louise anade att det var oron över deras son Oskar som var orsaken till det tidiga uppbrottet, men fann det lämpligast att inte säga något om det direkt.

-Lova att du hör av dig om du behöver råd, jag ska försöka fundera ut vad som skulle kunna hjälpa, sade Scott till Henrik när det var dags för dem att åka.

-Ja, det ska du veta att det kommer jag nog göra om det behövs. Det här är något vi inte vill att alla ska veta, det skulle förmodligen inte ha något gott med sig. Det är bara med dig brorsan som jag känner att jag kan prata om så här tunga och viktiga saker.

När Louise gav Maria en kram, började hon gråta och snyftade något som inte var hörbart.

-Jag hör inte, vad du säger du? frågade Louise med mild stämma.

-Jag måste ha varit en värdelös mamma, som misslyckats så totalt med Oskars uppväxt. Annars hade det väl aldrig gått så snett för honom, sade Maria.

-Ni har säkert varit enastående bra föräldrar, jag kan inte tänka mig något annat. Det här måste definitivt ha andra orsaker, fortsatte Lousie.

115

Plötsligt när Maria klappade försiktigt på Louises mage, kände båda en första rejäl spark från Jonathan. Barnmorskan som Louise gick till, hade berättat vid den senaste kontrollen, att när graviditeten var så här pass långt gången, borde hon snart känna att Jonathan höll igång därinne.

-Se det som ett tecken, det var säkert en lyckospark du fick i din hand, att allt ska ordna upp sig för Oskar! utbrast Louise!

Maria fick inte fram något att säga, utan kramade bara om Louise en lång stund till.

Det som till slut fick dem att släppa greppet om varandra, var blodhunden Henrik som klämde sig in mellan dem och ville vara med på kramkalaset.

-Nu är det nog dags att vi åker hemåt Maria, du ser väl att jycken tycker att du är för närgången mot Louise, sade Henrik och skrattade. Henrik hade aldrig tyckt om att blodhunden hade samma namn som han själv, det var ju bäddat för pinsamheter.

-Ja okej, det ska vi göra. Förresten känner jag mig bättre till mods nu när jag fick en lyckospark, jag känner på mig att det verkligen var det, sade Maria och log.

Scott såg lite sur ut när de vinkade från fönstret när de körde iväg.

-Vad är det, tjurar du för något? undrade Louise.

-Jag är bara lite sur för att det inte var jag som fick känna Jonathans första spark, sade Scott och satte sig i soffan. Plötsligt, utan att Scott var beredd, hoppade Henrik upp och gav honom en rejäl blötkyss.

-Ha, en riktig långtradare till kyss du fick sade Louise och skrattade.

-Jo den var rejäl, tur att jag slängde tuggummit för en stund sedan, annars hade nog Henrik snott det. Vad tycker du vi ska göra i eftermiddag, vet du något speciellt som behöver fixas?

-Helt klart är, att vi egentligen skulle behöva göra ett knippe matlådor, annars får du äta köttfärssås och makaroner varje dag den här veckan.

-Då är det nog läge att vi tar på oss förklädena och hjälps åt med det, sade Scott som för det mesta tyckte att det var ganska kul att laga mat. Dessutom var det mer eller mindre ett krav att de gjorde det, om de skulle kunna byta bostad framöver. Det hade blivit betydligt dyrare om de varit tvungna att äta ute.

-Jag känner av foglossningen rätt mycket idag, men jag tror jag kan sitta vid köksbordet och göra en del, så får du göra resten, sade Louise och pustade.

-Det går fint det, så får Henrik provsmaka maten sedan, han är ju alltid i köket när det vankas käk, sade Scott och skrattade.

Henrik tittade på dem med en oskyldig blick när han hörde sitt namn, innan han återgick till att bita i sin leksaksgris gjord av gummi.

Markus ville helst sjukskriva sig när larmet gick på måndagsmorgonen. Han kände sig sliten och omotiverad. Arbetsuppgifterna hade blivit tråkigare för varje dag som gick. Det var rån, överfall och misshandel på menyn dagligen. Dessutom märktes en tydlig attitydförändring till polisen. Folket på gatan såg inte poliser som medmännikor, utan mer som några man fick bära sig åt hur som helst med. Ofta vid ingripanden var det alltid någon i bakgrunden som filmade vad poliserna gjorde, allt för att arrangera något smaskigt och sedan sprida det på nätet. Att packet betett sig som svin innan omhändertagande var något som aldrig kom fram. Om nu till på köpet Jonas gjorde slag i saken och började jobba som snickare istället, skulle han själv bli rätt ensam, tänkte Markus nedstämt.

Det som slutligen fick honom att bestämma sig för att trots allt gå till jobbet, var att Jonas och han skulle bege sig till Eskilstuna efter jobbet. Förhoppningsvis skulle sökandet efter de två som hållit Marie tillfångatagen ge resultat.

Hämndens sötma är oersättlig, tänkte Markus och kämpade sig upp ur sängen för att ta en lång och varm dusch. Detta var en av de stunder som Markus njöt mest av, allra helst efter en lång dag ute i blåsig och fuktig väderlek. Då var det extra skönt att låta det varma vattnet mjuka upp lederna och få känna att man blev riktigt uppvärmd i hela kroppen. Men även som nu, innan frukost var det härligt att bara stå och låta de strilande heta strålarna forsa en lång stund. Det här är en av få fördelar med att bo i lägenhet, just att man inte behöver snåla med varmvattnet för att det kostar en massa pengar, tänkte Markus och bestämde sig för att stå en stund till. Bara en liten stund till, tänkte han och log för sig själv.

Alice sov när Markus låste ytterdörren och gick. Han visste att hon skulle till sitt jobb ett par timmar mitt på dagen, så det gjorde inget om hon tog sovmorgon. Han hade märkt att hon gärna sov mycket, eller vilade åtminstone, efter att hon blivit sjukskriven på grund av utbrändhet. Läkarna hade sagt att det var en naturlig följd av det hela och att det skulle dröja ett bra tag innan hon kom tillbaka i normala gängor igen.

Jobbet flöt på som vanligt, och förväntansfulla åkte Jonas och Markus till Eskilstuna efter jobbet. Tyvärr utan resultat, det enda positiva var att de skulle få träffa föräldravandrarna på fredagskvällen.

-Jag känner på mig att det kommer nappa när vi träffar dem. Eskilstuna är ju inte alls så stort som Stockholm och så många langare kan det inte finnas där. Hur mycket de än försöker hålla sig undan så borde vi hitta dem snart, sade Jonas förhoppningsfullt.

-Får hoppas du har rätt, det är ju som du säger ganska sannolikt att vi får tag på dem inom kort. Sedan vet man ju förstås inte om de flyttat till några släktingar någon annanstans nu när de såg oss i poliskontrollen för ett tag sedan. Vi kan nog utgå från att de kände igen oss direkt när de såg oss.

-Ja, förmodligen gjorde de nog det. Men det utesluter ju inte att vi får tag på dem. Vi kan säkert spåra dem vart de än eventuellt har flyttat, sade Jonas.

-Kanske inte lönt att spekulera i ens, som du sade innan får vi hoppas att mötet på fredag med föräldravandrarna ger resultat. För att smälta in i miljön borde vi nog gå med och vandra, för att se själva om det finns något intressant folk där, sade Markus eftertänksamt.

-Det kan vi göra, svarade Jonas.

Klockan var lite efter midnatt när de kom hem igen, och att de skulle vara sega på jobbet nästa dag var det ingen tvekan om. Men det måste bara gå, och var det mycket att göra, som det brukade, skulle det inte finnas några tillfällen att känna efter.

Anton jobbade extra mycket för att ha timmar att plocka ut lite längre fram. Han hade sagt till sin arbetsgivare, att han blivit erbjuden att följa med och jaga älg den tjugofjärde oktober och några dagar framåt, så då ville han vara kompensationsledig. Att det var två korrumperade snutar han tänkte skjuta istället för älg, skulle aldrig komma över hans läppar, tänkte Anton. Redan i Malmö hade han till sin stora lättnad sett att allt han beställt var med i bagen. Ammunition var det till och med mer än han begärt, vilket bara var en fördel. På så sätt kunde han åka utanför stan till helgen och göra sig riktigt bekant med vapnet, genom att provskjuta det. Någon gång under älgjakten hade han tänkt utföra dådet. Det var knappt två veckor tills han skulle vara ledig och få det gjort, och trots att han hade inhandlat allt som behövdes, kände han sig fruktansvärt osäker på om han skulle klara av uppgiften. Men det borde kännas lugnare när jag rekat en lämplig plats och fått skjuta några salvor, tänkte Anton.

Det hade nu gått över en vecka sedan Mohammed hade blivit fritagen, och polisen hade fortfarande inga spår efter honom, stod det att läsa i nyheterna. Han hade enligt sin fru ändrat utseende så pass att det knappast var möjligt för någon utomstående att känna igen honom, om man jämförde med fotot som tagits när han häktades. Kom däremot någon fram och pratade med honom så förstod de direkt att det var samma Mohammed som tidigare, dels på rösten men även på gester och rörelser som kännetecknade honom. När han nu för första gången på länge kunde följa med sin fru och handla, så gjorde han det med blandade känslor. Visst var det skönt att röra sig fritt och andas in djupa andetag av den kyliga höstluften, det tyckte han. Men samtidigt var han fruktansvärt obekväm med att vara efterlyst, och han vände sig ofta om för att se så att ingen följde efter. Hemma i sitt gamla bostadsområde tänkte han aldrig visa sig mer, det räckte med att en enda ovän där kände igen honom, så skulle allt vara kört. Mohammed sade till sin fru att säga upp den gamla lägenheten så fort som möjligt, och sedan flytta allt till den de disponerade nu. Så småningom när han gjort sig skuldfri hos Rafael, fick det bli att de bosatte sig någon annanstans, var fick de se när det blev aktuellt.

Det hade hunnit bli torsdag kväll, och Henrik och Maria hade inte hört av sig. Lite orolig för vad som hänt med Oskar, beslöt sig Scott för att skicka ett textmeddelande för att få veta hur det stod till. Till svar fick han veta att de inte lyckats få tag på honom. Det enda de visste, var att polisen haft flera tillslag mot drogpåverkade den senaste tiden. I pressen hade de dock varit väldigt förtegna och hänvisat till att de inte kunde berätta så utförligt vad de uppnått för resultat, av utredningstekniska skäl.

Scott skrev att han gärna åkte ner till Nyköping till helgen för att försöka prata Oskar till rätta, så han bad om telefonnumret till honom. Direkt när han fått det, försökte han på olika sätt nå honom, tyvärr helt resultatlöst. Antingen hade Oskar bytt nummer, eller så sket han i att svara, oavsett vem som sökte honom. Det fanns ju en möjlighet till, som Scott inte ville nämna ens, och det var att polisen redan tagit honom i förvar och beslagtagit hans telefon. Om de hade gjort det, så hoppades Scott att de hörde av sig till hans föräldrar snart för att dämpa deras oro något. Hellre att han satt inne i förhör, än att han låg död efter en överdos i något soprum, tänkte Scott.

Flera av föräldrarna som bevakade Eskilstuna under fredagskvällen, påstod att de kände igen personen på fantombilden som Markus och Jonas visade upp. Av ett par pappor fick de veta att det var som de redan anat, just att personen de sökte, tillsammans med ett par till, var de som försedde deras ungdomar med olika droger. Trots intensiva försök att finna dem under kvällen på alla möjliga platser, så fick Markus och Jonas åka därifrån utan att ha fått syn på någon av dem. Helst hade de velat vara med under lördagskvällen också, för att få tag på dem, men det gick inte på grund av att de jobbade kvällsskift på lördag och söndag. Det skulle dröja till nästa fredag innan de hade möjlighet att närvara igen. Men de kände sig ändå rätt hoppfulla under hemresan, nu visste de att de var gärningsmännen på spåren. Det sista de sade till föräldravandrarna innan de skildes åt, var att ingen av dem skulle försöka sig på att leka poliser själva och förstöra alltihop. Dels riskerade de sina egna liv och dessutom var det troligt att langarna flyttade på sig om de fick veta att någon var dem på spåren.

-Konstigt, men jag känner på mig att när vi väl ska gripa

dem, så kommer de göra allt för att undkomma. Det skulle inte förvåna mig om de är beväpnade och försöker skjuta oss, för att gå fria. Även om vår chef sagt att vi inte får bära vapen under uppdraget vi gett oss själva, så år det helt klart läge för det. Och skottsäkra västar, tillade Jonas.

-Här ser du en som alltid är beredd på det värsta, sade Markus och plockade fram en nio millimeters Beretta ur innerfickan. Men du kan ha rätt i att det är bäst att ta på sig västarna. Har de redan en massa skit på sitt samvete, gör de förmodligen allt för att inte bli gripna, tillade Markus eftertänksamt.

Scott tog upp sin mobiltelefon från fickan i sina slitna jeans. Mest för att se lite allmänt vad som hänt den senaste tiden på nyhetssajterna, men också för att se hur vädret skulle bli framöver. Visserligen var han mestadels under tak på sin arbetsplats, men alla bussar som skulle tvättas och städas stod parkerade på planen utanför tvätthallarna. Så dels när man gick ut för att köra in dem, samt hur mycket det var att göra med dem, påverkades av vädret. Regniga dagar följde det ofta med massor av sand och grus in i gångarna vilket gjorde att det tog längre tid för varje buss, som i sin tur ledde till ökad stress.

Just när Scott tänkte lägga i från sig mobiltelefonen, hörde han att han fick ett meddelande. Det var från Klas som skrev, att på torsdag eftermiddag var det dags för ett sista möte innan rånet, eller "överföringen" som han kallade det. Oxen hade sagt till alla berörda att inte under några omständigheter använda några ord på telefon eller sms, som kunde binda dem till vad de hade planerat. Scott funderade på vad han skulle hitta på för något att säga till sin förman för att få ledigt, men kom inte på något direkt som verkade hållbart. Likaså för fredagen den fjortonde var han tvungen att komma på något för att slippa jobba, vilket inte heller var helt lätt. Scott visste att de behövde hjälpas åt allesammans på bussvårdsanläggningen, för att hinna med. Till slut beslöt han sig för, att försöka plocka ut kompensationsledighet för timmarna det gällde. Scott hoppades att Ohlsson som var förman, skulle gå med på det och inte ha en massa frågor till honom om vad han skulle göra när han var ledig.

Ohlsson ställde inga frågor till Scott, utan sade att det gick bra. På samma gång som det egentligen aldrig var läge att plocka ut komptimmar, så ville han inte heller att de anställda skulle samla på sig för många timmar och plocka ut dem vid ett tillfälle. Då var det lättare om de tog någon dag då och då, för det påverkade verksamheten minst.

På mötet berättade Oxen att förberedelserna var klara, och att allt såg ut att gå planenligt. Även om det dök upp problem, ansågs det att det fanns reservplaner att ta till för att lyckas i alla fall.

-Här har du bilnycklarna till samtliga tre minibussar, sade Oxen och gav dem till Scott. Den här nyckeln behöver du också för att komma in i förrådsbyggnaden där första fordonet står, tillade Oxen, och gav honom en till.

-Okej, jag är på plats klockan tio som bestämt, svarade Scott med nervös stämma. Han försökte verka lugn men bara att möta Oxens blick fick honom att skälva.

Kapitel 13

Väktaren som åkte med i lastbilen, som för tillfället var
på väg tillbaka mot Stockholm med sedlar som till
sommaren skulle bli obrukbara, spanade frenetiskt i
sidobackspegeln. De hade nyligen passerat Norrköping
men ända sedan Mjölby hade han lagt märke till en svart
Volvo V90 som låg ett par hundra meter bakom dem.
-Sakta ner lite och slå på backkameran, jag vill försöka
se om det går att avläsa registreringsnumret på fordonet
som ligger en bit bakom oss. Kommer den lite närmare
borde det väl gå, eller vad tror du? sade väktaren.
-Jaså, har du också reagerat på den? Jag tror de har
legat bakom oss i minst 8 mil nu, utan att göra någon
ansats att köra förbi. Det verkar misstänkt. Jag larmar
om det så vi får en följebil snarast, sade chauffören
samtidigt som han gick ut och lade sig bredvid en rödvit
husvagn i omkörningsfilen.
-Nu kan jag läsa av registreringsnumret, sade väktaren.
Be dem kolla upp det här numret också, tillade han, och
läste upp det.
På larmlinjen lovade de att snarast ansluta med en civil
polisbil som redan fanns lite längre fram på E4:an, den
skulle sakta in och vänta tills värdetransportfordonet
kom ifatt. Numret på den svarta V90:an visade sig dock
tillhöra ett fordon där fem poliser färdades. De hade varit
på en utbildning i vapentjänst några dagar. Varför de
blivit liggande bakom så länge, förklarade han som
körde, var att de sett att värdetransportfordonet inte

125

hade någon följebil, och då kunde de vara det när de ändå skulle åt samma håll. Polisen som körde Volvon ursäktade sig flera gånger för att han inte meddelat sina avsikter till de som satt i lastbilen. Så här i efterhand förstod han att det hade oroat dem i onödan.

-Ingen skada skedd, sade väktaren som åkte med lastbilen. Nu har vi plötsligt er fem poliser bakom oss och en bil med två framför oss, så den som försöker sig på att stjäla gamla sedlar, bör nog välja en annan dag, tillade han och lät lättad.

Bara en timmes färd framför värdetransportfordonet, såg Oxen och hans kumpaner spårsändaren närma sig. Det hade blivit dags att anonymt anmäla att ett rån skulle ske mot lastbilen som kom norrifrån, för att vilseleda poliserna.

Samtidigt gjordes de sista förberedelserna för att få stopp på lasbilen. Det skulle dels ske med en brinnande bil, men även med en egentillverkad spikmatta som var dimensionerad för att ta hål på de förstärkta däcken på värdetransportfordonet.

Scott var redan på plats, en halvtimme tidigare än vad som sagts. Han kontrollerade så att minibussen startade och körde fram en liten bit för att kontrollera att inte bromsarna av någon anledning hade kärvat fast under natten. När han gjort det stängde han av motorn igen, för att inte få i sig en massa avgaser. Än så länge stod han kvar inne i byggnaden med fordonet, vilket han skulle göra tills pengarna och alla kommit med. Allt för att inte göra någon misstänksam som kunde tänkas passera utanför.

Alla som var i kolonnen som kom söderifrån fick meddelande om att ett anonymt hot riktats mot det andra fordonet som kom uppifrån landet. De anade att de som åkte i den var ganska illa ute, om det nu inte var ett falskt larm.

-Det kan mycket väl vara ett sätt att försöka få oss att koncentrera oss på fordonet norrifrån, sade polisen som blivit utsedd som chef för skyddet av värdetransportfordonet. Jag blir inte förvånad om det är vår lastbil som rånarna är ute efter istället. Samtliga tar på sig skottsäker väst och laddar sina vapen med skarp ammunition, befallde han.

Det var lite trångt i V90:an när västarna skulle på, men alla insåg allvaret i situationen och hjälpte varandra. Bara ett par minuter senare satt alla insatsberedda i samtliga fordon. Dessutom hade man begärt att en helikopter som övervakade E4:an, skulle lägga sig en halvmil framför dem för att förvarna dem, om de såg något misstänkt.

Scott hade sagt till Louise att han inte skulle komma hem till lunch. Han hade dragit till med att det var en som skulle gå i pension på företaget, och att han hade velat att alla på bussvårdsanläggningen följde med ut och åt pizza. Louise hade sett lite förvånad ut, men sagt att det kunde väl vara trevligt. Hon lovade att gå ner med Henrik en liten sväng till parken för att rasta honom, innan hon gick till jobbet efter lunch.

När Scott tittade på klockan i minibussen, såg han att det var dags för Oxen och hans medarbetare att genomföra rånet snart. Det borde inte ta mer än högst tjugo minuter tills de kom till honom och då kändes det som om det värsta skulle vara gjort. Det var ju inga stulna fordon de åkte i, och risken att polisen skulle be att få se alla passagerares legitimation om de blev stoppade i någon poliskontroll bedömdes som ganska liten. Om de mot förmodan trots allt fick visa ID, var det dock bäddat för trubbel. Samtliga var kåkfarare med en lång lista i förbrytarregistret. Att de var ute på en kulturresa samtidigt som det begåtts ett värdetransportrån i närheten, lät lika otroligt som det egentligen var, det insåg Scott med en gång.

När polishelikoptern upptäckte en brinnande bil på ena körbanan meddelade de kolonnen som kom söderifrån att stanna på vägrenen och ordna med runt omkring försvar, samt stänga av all trafik som var på väg norrut, för allmänhetens säkerhet. De larmade även ut den förberedda insatsstyrkan från Stockholm och angav positionen där gärningsmännen med största sannolikhet befann sig. Insatsstyrkan var redan på väg och kunde tack vare att all norrgående trafik stängts av, överraska de misstänkta genom att dyka upp från det håll de inte alls hade räknat med.

Gripandet av dem gick snabbt och Oxen som var ursinnig, undrade om det var Scott, som var deras chaufför som angett dem. Utan att tänka sig för, nickade Oxen åt det håll där byggnaden stod som Scott väntade i. Bara några minuter senare övermannades Scott i förrådsbyggnaden. Att han inte skulle få se Louise på överskådlig tid, var en sak som gjorde riktigt ont inom honom. Vid närmare eftertanke kanske han aldrig mer skulle få träffa henne. Louise hade på fullt allvar berättat för honom, att åkte han in igen, så var det slut melllan dem. Kanske hade han ställt till det så jävligt till och med, att han aldrig skulle få träffa sin son Jonathan, som beräknades komma till världen inom fyra månader. Hans älskade hund Henrik, var det med all säkerhet likadant med.

-Hur i helvete kunde jag vara så dum att jag förstörde allt det fina vi hade tillsammans? skrek Scott högt rätt ut, men det var ingen i insatsstyrkan som riktigt förstod vad han menade.

-Du behöver nog en bra advokat, sade en av dem och drog åt hans handfängsel lite extra hårt.

Automatvapnet gick att ställa in så att det antingen kom enkelskott eller eldskurar. För att kontrollera hur träffsäkert det var, hade Anton placerat några tomflaskor en bit ifrån varandra på en stor sten. Med ett skjutavstånd på cirka etthundrafemtio meter, kändes det som en realistisk övning. Förmodligen skulle han skjuta sin brors mördare på betydligt kortare avstånd, men på väg därifrån, om han av någon anledning blev förföljd, gällde det att kunna träffa dem också, tänkte Anton. När han ställt in vapnet på enkelskott och siktat på en av flaskorna pressade han försiktigt in avtryckaren. Smärtan i axeln var bedövande, och han förbannade sig själv för att han haft vapnet en bit ifrån sig. Att rekylen var så pass kraftig, kom som en rejäl överraskning. Dessutom hade han missat flaskan han siktat på och istället träffat den som stod bredvid. Medan han kände den molande värken i axeln som med all säkerhet skulle prydas av ett stort blåmärke snart, försökte han minnas

129

vad som var viktigt att tänka på när man avlossade skjutvapen. När han vart efter kom på de viktiga punkterna som var avgörande för att träffa, förundrades han över att han inte tänkt på dem från början. För det första var det en klar fördel om man kunde skjuta i liggande ställning, med stöd för båda armbågarna på fast mark. Sedan gällde det att pressa kolven mot axeln, den som av någon anledning värkte så förbannat nu. Slutligen var det andningen som hade stor betydelse. Efter ett djupt andetag skulle man andas ut ungefär hälften, för att sedan hålla andan när man kramade in avtryckaren.

Nästa skott han avlossade träffade perfekt och glasflaskan sprängdes i bitar. Han gjorde på samma sätt med de övriga flaskorna förutom den sista. Den tänkte han skjuta med automateld, för det var det han skulle göra när det verkligen gällde. Redan en av de första kulorna träffade flaskan, kontaterade Anton nöjt. Mot slutet av eldskuren fick han uppfattningen av att vapnet stegrade sig lite, för det hördes ljud från trädstammen straxt över stenen. Anton trodde inte att det gjorde så mycket att det blev lite spridning på kulorna, det ökade ju bara chansen att skjuta ihjäl dem som mördat hans bror.

På ganska långt avstånd, kanske tvåhundra meter, såg Jonas att Markus kom från andra hållet. De skulle förmodligen komma fram samtidigt till gymmet där de stämt träff för att köra ett pass innan arbetet började. De försökte gå hit minst ett par gånger i veckan, dels för att hålla sig i trim, men även för att det ofta på något sätt gjorde det lättare att fatta kloka beslut efter träningspassen. Sedan var det ju en klar fördel att träffas utanför jobbet och inte bara behöva snacka om yrkesrelaterade saker, vilket var nästan det enda de kunde göra på jobbet.

Jonas hade haft rätt, precis samtidigt satte Markus och han sina händer på dörrhandtaget, och båda skrattade lite åt händelsen. Markus märkte direkt att Jonas var på ett strålande humör och tittade fundersamt på honom för att se om han var påtänd eller något, men det verkade inte så, konstaterade han efter några sekunder.

-Du ser lycklig ut, precis som en nypippad frälsningssoldat, vad fan är det med dig? frågade Markus nyfiket.

-Jag tror att Alice och jag ska bli föräldrar nästa sommar, hon har gått över tre veckor nu! svarade Jonas euforiskt.

-Det var värst, då får man väl gratulera! sade Markus och sträckte fram sin grova högerhand. Att kramas var otänkbart ens vid sådana här tillfällen, det var alldeles för fjolligt, ansåg båda.

-Alice har inte gjort något graviditetstest än, så innan vi vet säkert är det bra om du inte berättar det för någon, sade Jonas med glansiga ögon.

-Får väl se hur det blir med det farsan, kommer det ingen unge nu så får ni väl göka på som ett par kaniner tills det ger resultat, fortsatte Markus och garvade rått.

-Var lagom kaxig du, hur kan du veta om din fästmö Marie är gravid eller inte, är du säker på att hon skyddar sig kanske? frågade Jonas retsamt.

-Kom nu så sätter vi igång och tränar, det var ju därför vi gick hit, sade Markus irriterat medan han öppnade dörren till träningslokalen och gick in.

Efter ett nittio minuters pass, dusch och sedan lite lättlunch, var det lagom att gå till jobbet.

Jonas var orolig varje gång Markus öppnade truten till kollegorna att han skulle säga något, men som väl var nämnde han inget om den eventuella graviditeten.

Advokat Annie Stolpe, som Scott haft hjälp av tidigare under året, svarade efter första signalen när han ringde. Med desperat röst berättade Scott att polisen gripit honom och att han var i akut behov av hennes hjälp. Han hörde att Annie var lite kort i telefonen och antog att hon satt upptagen, men Scott kände att det här var något han bara måste ta tag i direkt.

-Jag har ett mål som kommer att avslutas endera dagen, men redan nu kan jag säga att jag ska försöka hjälpa dig när det är färdigt. Jag hör av mig så snart jag får tid, sade advokaten innan hon lade på.

-Är det några anhöriga du vill att vi ska underrätta om att du sitter här, frågade en av poliserna på stationen. Ett inledande förhör kommer att hållas med dig inom en timme förresten, tillade han och tittade med en undrande blick på Scott.

-Får jag inte ringa min fru själv och säga att jag är här? frågade Scott med bräcklig röst.

-Givetvis får du det, cleverman, och vet du vad? du disponerar en egen helikopter med pilot som flyger dig vart som helst när du vill!, svarade polisen ironiskt och hånskrattade åt Scott.

Nå, var det någon vi skulle underrätta innan förhöret eller? frågade polisen igen när hans värsta skrattattack hade lagt sig.

-Ni kan vänta med att ringa Louise Scott tills efter klockan halvnio ikväll, det är onödigt att hon får ta emot ett sådant här samtal när hon är på jobbet. Numret hittar ni i min mobiltelefon, svarade Scott med blicken vänd ner mot golvet.

Sakta men säkert började det sjunka in i Scotts hjärna, vad hans lilla äventyr skulle leda till. Visserligen hade han inte direkt medverkat i något rån, men visst var han helt klart inblandad i det. Allt annat än fängelse en tid var förmodligen ofrånkomligt, tänkte han dystert. Det som var ännu värre var, att Louise knappast skulle förlåta honom, inte ens om han bad henne på sina bara knän. Sitta inne på en anstalt hade han gjort förr på grund av att han strulat, men att han var ett sådant präktigt klantarsel, att han förstört sitt förhållande med sin älskade och gravida fru, förvånade till och med honom själv.

Inlåst i en cell, kände Scott tårarna komma när han tänkte på deras väntade barn, Jonathan. Helt realistiskt var, att det var mycket osäkert om han någonsin skulle få träffa sin son. Det berodde helt och hållet på vad Louise ansåg om det. Möjligt att hans advokat kunde förhandla fram att han fick träffa honom någon gång ibland, men att ligga i krig med sin fru var en mardröm. Särskilt när han visste att det var han som var orsaken till alla problem. Han, och ingen annan än han. Scott kände hur skallen kokade av aktivitet, där de flesta tankarna gick ut på att försöka backa tiden och göra andra val.

Ju mer han märkte att de omöjliga tankarna inte gick att

genomföra, desto mer förkrossad blev han.

Plötsligt öppnades en liten lucka i celldörren och in fördes en matbricka. Det luktade rotmos och fläskkorv lång väg, så det rådde ingen tvekan om vad som serverades.
-Du hinner äta innan förhöret, smaklig måltid, sade en hurtig röst till honom innan luckan stängdes igen.

Ali och Assar var bjudna till sina föräldrar på middag på fredagskvällen. De hade bara hunnit träffas en gång sedan Mohammed fritogs, och tyckte det skulle bli kul att träffas igen. Över hälften av deras fars skuld till Rafael var redan betald tack vare att de knappt tagit ut någon ersättning för sitt arbete. Det var redan bestämt att deras far skulle bli ledare över dem igen så fort skulden var helt återbetald. Detta var något som de med tiden fått lite blandade känslor till. På samma gång som det kändes tryggt att ha sin faders stöd i alla lägen, så hade de nu vant sig vid att jobba ganska självständigt och fått styra sin tid som de ville. Mohammed kunde vara fruktansvärt pådrivande och gick någon emot honom drog han sig inte för att ta i för fullt för att uprätthålla sin heder. Ali hade på omvägar hört, att deras bror Amir fått en dödsdom utfärdad mot sig av fadern för att han avslöjat en del för polisen. Om det kom fram att det var sant, skulle både han och Assar ha väldigt svårt för att hjälpa sin far i framtiden. Alla de försökte fråga om saken teg dock som muren, men förr eller senare kanske sanningen kom fram. Deras mamma började gråta när de förde det på tal, men sade att det inte spelade någon roll för henne. Vad som än framkom, om det var en olyckshändelse eller en dödsdom utfärdad av Mohammed, så skulle hon aldrig mer få se Amir. Modern berättade något för Ali och Assar som de egentligen redan visste. Det var att hon aldrig skulle våga fråga sin man rent ut om han var skyldig till deras son Amirs död. Respekten för sin man hade med tiden övergått i ren rädsla, och hon gjorde allt för att vara honom till lags. Något annat var inte aktuellt, om man ville ha livet i behåll, sade hon med gråten i halsen.

Assar önskade att han en dag skulle våga stå upp för sin döde bror Amir och sin hårt hållna moder. Att få sätta en kniv mot sin faders hals och göra det perfekta snittet, skulle kännas som en stor befrielse. På samma gång visste han att kulturen han växt upp i, gjorde ett sådant tillgrepp helt omöjligt. Men för varje dag han vistats i Sverige, så hade han med tiden sett att här var övergreppen som hans far ägnade sig åt, helt oacceptabla.

Men på samma gång var både hans och Alis framtid i Sverige högst osäker. De saknade uppehållstillstånd, och blev de tagna av polisen hade de inte ens några falska identitetshandlingar att visa upp. Fadern hade förbjudit dem att skaffa det, kanske för att ha en hållhake på dem. De kände sig livegna och tvungna att göra precis som deras fader Mohammed sade. Någon rimlig möjlighet att komma ur det hela fanns inte. Så länge Mohammed levde skulle han styra dem med järnhand.

Samtalsämnena vid middagen var få, och alla kände en tryckt stämning vila över tillställningen.

135

Kapitel 14

Direkt när Louise kom ut från snabbköpet där hon jobbade, ringde hon Scott, men han svarade inte. Kanske var han ute med Henrik på en kvällspromenad och hade glömt sin mobiltelefon hemma, tänkte hon, för det hade hänt förr.

När hon var så nära deras lägenhet att hon kunde se att det var helt nedsläckt, började hon få onda aningar om att något kanske hade hänt. Scott skulle aldrig gå ut på kvällen utan att låta kökslampan och golvlampan i TV-rummet få lysa, tänkte hon och försökte ta lite längre steg för att komma hem snabbare. Det gick ett par steg, sedan gjorde sig foglossningen påmind, och hon var tvungen att gå som innan för att minska värken något. Precis när hon skulle ringa Scott igen, ringde hennes telefon. Det stod att det var hemligt nummer och först tänkte hon inte svara. Efter femte signalen anade hon dock att det kanske hade hänt Scott något, att han eventuellt hade skadat sig och hamnat på sjukhus, så hon tryckte på grön lur.

-Är det Louise Scott jag pratar med? frågade en röst.

-Ja det är det. vem är det som frågar? svarade Louise samtidigt som hon kände sitt hjärta slå allt hårdare av oro.

-Jag heter Nils Svensson och jobbar på polismyndigheten här i Stockholm. Din man Joakim Scott har tagits in för att förhöras om ett misstänkt brott. Utanför er bostad står en civil polisbil som kommer skjutsa er till polishuset också, för att höra er upplysningsvis. Ni är inte misstänkt för något, men åklagaren har beslutat att er inblandning inte kan uteslutas. Tala om för mig när ni ser två poliser som visar sina polis-ID, fortsatte rösten med bestämdhet.

-Jag ser dem nu, stammade Louise fram. Vad har Scott gjort egentligen, tillade hon, medan hon tittade på två ID-kort som såg äkta ut.

-Det är inget jag kan upplysa er om. Vi ses, sade Nils Svensson och lade på.

-Jag måste upp i lägenheten och gå på toaletten, sedan måste vår hund rastas, sade Louise.

-Det får vi lösa, kan jag be att få er mobiltelefon, vi har nämligen våra bestämmelser att följa, sade en av poliserna med vänlig röst.

-Ja, det går väl bra det, svarade Louise. Hon tyckte allt kändes så overkligt och hemskt på samma gång, att hon behövde sätta sig lite när de kom in i lägenheten. Det var precis som om golvet försvann under hennes fötter och att hon föll handlöst. Allt var så fruktansvärt otroligt, att hon var tvungen att nypa sig själv i armen för att ta reda på om det var sant. När hon efter en stund tittade på stället hon nypt sig, och såg märket, förstod hon att mardrömmen var verklig.

Efter en lång dag och ett sådant här chockerande besked, slöt hon sina ögon för att försöka få ordning på tankarna. Efter en liten stund kände hon någon klappa henne på högra underarmen för att påkalla hennes uppmärksamhet. Långt borta hörde Louise en röst som sade något, men vad, det visste hon inte.

-Ursäkta, allt är så fruktansvärt hemskt just nu, jag

137

lyssnade nog inte så väl, sade Louise samtidigt som hon tvingade sig själv att öppna sina ögon.

-Jo, jag har en schäfferhund själv, så jag är van vid hundar. Vill du att jag rastar blodhunden i parken innan vi åker in till stationen? undrade en av poliserna.

-Javisst, gör gärna det så passar jag på att gå på toaletten så länge. Tror ni att jag behöver ta med mig necessär och andra kläder, eller är det överstökat i kväll? frågade Louise.

-Det kanske är bäst att ta med lite av det du nämnde. Går förhöret snabbt och förhörsledaren anser att du inte behöver vara klar längre, så skjutsar vi hem dig. I så fall är det ju bara att packa upp grejerna igen. Det är omöjligt för oss att veta hur det blir, men det är ju alltid trevligare om man har sina egna prylar om man blir tvungen att stanna. Det brukar de flesta säga som hamnar i liknande situationer, sade polisen som var kvar i lägenheten.

När Louise plockat ihop det hos ville ta med sig, fyllde hon på vatten och mat till Henrik. Bara någon minut senare, kom polisen som rastat blodhunden tillbaka, och de kunde åka till polisstationen.

I polisbilen blundade Louise igen, både för att hon var trött, men också att det var en så pass obehaglig situation som hon hamnat i. Det var inte första gången som hon satt i baksätet på en polisbil, det hade hon gjort förr, otaliga gånger. Men senast var för över tre år sedan, och den gången hade hon lovat sig själv att det skulle bli den sista.

Louise hatade när saker och ting inte blev som hon bestämt sig för. Visserligen gick det väl inte alltid som man önskade här i livet, men just en sådan här sak, när hon blivit lurad av sin man, gjorde henne vansinnig. Fattade han inte att det han gjort nu, oavsett vad det var, förmodligen skulle krascha deras förhållande och därmed påverka deras blivande son, Jonathans liv? För första gången på länge, kände hon ett rejält sug efter någon stark drog som kunde få henne att komma bort från den bistra verkligheten. Amfetamin eller snorta kokain skulle inte spela någon roll, bara hon fick dra iväg från alltihop.

När hon plötsligt kom att tänka på Jonathan igen, började hon gråta hejdlöst. Det kanske inte var meningen att två förlorare som hon och hennes man skulle ha barn. Som det kändes för tillfället visste hon inte om hon orkade dra lasset själv med Jonathan, om nu Scott blev inlåst en längre tid. Förresten kände hon sig osäker på om hon ville leva ihop med en lögnare i fortsättningen heller, för den delen. Oavsett vad han var misstänkt för, så stod det helt klart för Louise att han gjort något utan att berätta det för henne.

-Då var vi framme, sade han som körde.

-Jag behöver gå på toaletten igen, sade Louise när de klev ur den civila polisbilen.

-Okej, jag förstår. Min sambo är också gravid, i sjätte månaden, så jag vet att det brukar vara ganska tätt mellan besöken, sade den ena polisen och småskrattade lite osäkert.

Louise var så sugen på syrligt godis under förhöret, att hon inte ens kom ihåg vad förhörsledaren sagt att han hette. Han frågade mycket om vilka de umgicks med och om hon anade varför hennes man tagits in. Louise måste ha gjort ett trovärdigt intryck på att hon verkligen var helt ovetande, för redan efter en halvtimme fick hon skjuts hem igen.

-Tills vidare har din man Joakim Scott besöksförbud på grund av utredningstekniska skäl, men vi meddelar er om och när det hävs, berättade han som körde.

-Jaha, svarade Louise. Innerst inne sket hon för tillfället i vilket. Ilskan över att Scott svikit henne var ännu starkare nu än tidigare under kvällen. Här hade hon först varit orolig för att han kanske hade varit med om en olycka och skadat sig och att det var därför som det var släckt i deras lägenhet. Och så kommer det istället fram att han planerat och genomfört någon form av brott, vad hade hon inte fått veta av förhörsledaren. Det skulle inte förvåna mig om fetknoppen Klas har lurat in Scott i skiten, tänkte Louise medan hon låste upp lägenhetsdörren. Hon möttes av Henrik som kom viftande på svansen och verkade överlycklig att hon var hemma igen.

-Dig kan man i alla fall lita på, sade Louise till hunden och kramade om honom.

I en film som Anton tittat på tidigare under hösten, hade han fått en idè om hur han skulle gå till väga när han likviderade sin brors mördare. Den gick ut på att några klädesplagg eller saker togs från nära anhöriga till dem man ville åt, för att på så sätt visa hur sårbara de var. I filmen hade först gärningsmannen tänkt göra en avancerad kidnappning, men i sista stund av en tillfällighet kommit på att sno med sig underkläder från offrets flickvän på en torkställning i deras trädgård. Allt hade gått planenligt i filmen vad det gällde uppgörelsen. Sedan att gärningsmannen själv omkommit i en fallolycka i slutscenen, var ju ovidkommande tänkte Anton. Markus fästmö Marie, visste han att hon arbetade på en förskola. Att smyga in i personalens rum där de förvarade sina ytterkläder visade sig enkelt, för det var olåst. Var och en av de anställda hade var sitt skåp med fäste för hänglås, dock saknades lås till nästan hälften av dem, bland annat Maries. Att det var hennes rådde ingen tvekan om, för alla skåp var prydligt markerade med namnskyltar. I skåpet hittade Anton en plastpåse med ombyteskläder, bh och trosor. Snabbt stoppade han ner vad han sökt i sina fickor och skulle precis gå därifrån när dörren öppnades.

-Vem är ni? frågade en barnskötare som hette Anders. Att han hette så, stod på hans namnskylt, läste Anton.

-Jag har bara lämnat ett par handskar till Anna i hennes skåp, jag är hennes bror, svarade Anton så oskyldigt han kunde. Som väl var hade han lyckats lägga på minnet att det fanns en Anna anställd på förskolan, för det hade han sett på namnskyltarna på skåpen.

-Jaha, men Anna är väl ledig idag, svarade Anders lite fundersamt.

-Hon har blivit inringd och skall börja jobba snart. Jag är lite sen till mitt arbete så jag måste dunsta, sade Anton med bestämd röst och började gå mot dörren.

Barnskötaren flyttade kvickt på sig för att inte stå i vägen, mycket beroende på att han var minst fyrtio kilo lättare än Anton.

-Hur var ditt namn? frågade Anders osäkert.

-Anna vet vad hennes enda bror heter, svarade Anton

141

och fortsatte gå därifrån med ett leeende på läpparna. Det enda som retade honom lite, var att Anders sett hans ansikte tydligt, och skulle det framöver bli en vittneskonfrontation, visste fasen hur det skulle gå. Men förmodligen var det inget att oroa sig för, det var inte ens säkert att Marie som han snott en bh och ett par trosor av, skulle märka det.

Då ska jag bara skaffa några souvenirer hemma hos den andra snutbruden med, tänkte Anton och begav sig mot Jonas och Alices adress. Han hade varit där för en vecka sedan och sett att låset till tvättstugan i källaren var trasigt. På köpet fanns en lista precis utanför med vilka tider som var inbokade och av vem. För exakt två timmar sedan hade deras tvättid påbörjats, så en del borde säkert vara upphängt i torkrummet vid det här laget, räknade Anton ut. När han kom fram smög han försiktigt in för att se så att ingen var kvar. Anton öppnade sakta dörren till torkrummet och försökte lyssna efter ljud som kunde tyda på att någon hängde tvätt där, men hörde inget speciellt. Bara ett monotont dån från fläktarna som blåste en riktigt varm och fuktig luft rakt mot dörröppningen där han stod. Det knakade till i Antons båda knän när han böjde sig ner för att se om han missat någon. Med sitt ansikte bara ett par decimeter över golvet såg han under lakan och handdukar att det lyckligtvis inte fanns någon kvar i torkrummet. Snabbt plockade han med sig ett par svarta stringtrosor och en minimal bh och stoppade i en innerficka på sin jacka innan han begav sig hemåt. Anton kände sig riktigt nöjd, han hade fått tag i precis vad han tänkt sig, utan att någon hade sett honom. Tja förutom mesen på förskolan, men började han glappa med truten fick han väl sätta en kula i honom med, så var det problemet löst.

-Jag fick ju så mycket ammunition med när jag köpte vapnet, det är ju synd om den inte kommer till användning, sade Anton för sig själv och skrattade.

När han tittade upp såg han att han höll på att gå rakt in i en gammal gubbe, som bara skakade på huvudet för att Anton gick och pratade med sig själv.

-Jag är nog inte mer senil än du, vrålade Anton åt gubben när de möttes. Efteråt kom han på att det inte var den smartaste kommentaren han hävt ur sig. Men skit samma, nu var han hungrig och gick in på en pizzeria för att belöna sig själv för den duktiga insatsen han nyligen gjort. Det här skulle firas, tänkte han och klappade på sina putande fickor som var fyllda med damunderkläder. När de får vetskap om det här, kommer det reta mördarsnutarna till vansinne, vilket är meningen med det hela, tänkte Anton vidare när han beställt.

Jonas pustade ut efter en lång arbetsdag och satte sig i soffan bredvid ett par kollegor. Han hade visserligen inte jobbat fler timmar nu än han brukade, det var bara det att generellt sett kändes det som om arbetspassen blev mer påfrestande för varje vecka som gick. För att orka med hyggligt tog han med flera uppåttjack som hjälpte för stunden, men ofta hade någon form av biverkning som kom som ett brev på posten. Det han kommit över den sista tiden hade gjort att han blev orolig och lättirriterad dagen efter. Detta kunde dock motverkas med en dos till, så var det problemet hyggligt löst. Precis när kollegorna reste sig för att börja sina pass, kom Markus och satte sig efter att ha hämtat ett par muggar kaffe. Jonas hade inte bett honom göra det, men de kände varandra så väl att de visste att det var läge att sitta och varva ner i fikarummet med lite kaffe efter arbetet. Markus såg också trött ut, tyckte Jonas men han sade inget. Vad Jonas kunde minnas, så hade Markus haft tre tydliga rynkor i pannan tidigare, men nu var det fyra. Först tänkte han nämna det för att reta Markus, men kom i sista stund på andra tankar. Det var helt enket fel tillfälle att sitta och jäklas med varandra, båda var för trötta för att orka med en massa tjafs. Kanske berodde den nya rynkan på att Markus just nu hade det extra jävla jobbigt med allting. Det var inte många som hade fått gå igenom så mycket som han på så kort tid. Dessutom hade det ju hittills skitit sig totalt med sökandet efter Maries kidnappare, vilket också med all säkerhet var en bidragande orsak. De få upplyftande saker som inträffat hade på något sätt inte riktigt blivit så fulländade som det verkat från början. Visst hade det varit skönt att göra sig av med utpressaren Anders Svensson som hotat med att avslöja allt för polisledningen om han inte fick en massa pengar. När Markus och han slagit ihjäl Anders med sina batonger, tog de båda för givet att dem problemen skulle vara ur världen. Och visst, Anders skulle aldrig hota dem mer, men händelsen förföljde dem på ett obehagligt sätt och det verkade inte finnas någon enkel lösning på det hela. Jonas vaknade minst en gång varje natt stel som en pinne med sina händer hårt knutna. Det som i hans mardröm hade väckt honom, var att han inte kunde känna polisbatongen i sin hand, vilket först gjorde honom lättad. Det kanske trots allt bara var en hemsk dröm, att han och Markus slagit ihjäl Anders. Den förhoppningen, att de inte mördat en obeväpnad ensam person försvann dock blixtsnabbt någon sekund senare. Då kom det förbannade ljudet när batongen krossade nackkotorna på honom. Ljudet bara malde på inne i hans hjärna och Jonas visste inte hur han skulle bli kvitt det. Ändå anade han att han var hyggligt förskonad jämfört med Markus. Han hade med egna ögon sett Markus kalla blick möta Anders vädjande ögon om nåd, precis innan Anders skalle spräcktes. Jonas förstod att det måste vara ännu värre för Markus som haft ögonkontakt med Anders och ljudet när hans batong fortsatte halvvägs in i huvudet var makabert. Att de båda otaliga gånger gett dödliga överdoser till folk som förtjänat det, var en annan sak. De gångerna hade det inte hörts några ljud av knäckta kotor eller kranier som spräcktes, utan de hade i lugn och ro kunnat avlägsna sig från platserna utan att behöva höra en massa. Men det här var något helt annat, det var absolut Jonas uppfattning. Och han var övertygad om att Markus kände likadant, eller kanske till och med tyckte att det var ännu värre. Jonas kände på något sätt en form av stöd av att sitta bredvid Markus så här, fast de inte sagt ett ord till varandra på en bra stund. Markus var hans bästa vän och så här i efterhand förstod han hur naivt det var, att inte lita på att han skulle vara tyst om att Alice kanske var gravid. En god vän springer inte och skvallrar, tänkte Jonas och reste sig upp och slängde de urdruckna muggarna, innan de tysta gick från jobbet.

145

Kapitel 15

Maria hade bara varit på sitt jobb i en kvart, när en man i övre medelåldern kom fram och frågade om de kunde tala med varandra ostört någonstans på biblioteket.

-Vem är ni och vad gäller saken? undrade Maria som genast kände att det började hetta i ansiktet. Hon visste sedan tidigare att hon ofta blev högröd om kinderna vid situationer som hon inte riktigt hade kontroll på. Det hade börjat redan under skoltiden, då hennes så kallade kompisar, ibland sade till henne att "spara på rödfärgen!". Ända sedan dess hade hon bestämt sig för att aldrig gå på några återträffar och mingla med en massa hycklare som hon visste inte tyckte ett skit om henne. Själv var hon så pass väluppfostrad att hon hälsade när hon träffade någon av dem på stan, men därmed fick det räcka. Innerst inne hatade hon dem jävlarna som förstört henne för resten av livet genom att göra henne så förbannat osäker i lite pressade situationer.

-Jag är polis och har några frågor som jag skulle vilja ställa. Här är min legitimation, fortsatte han och visade upp en polis-ID som såg äkta ut.

-Jaha, vi kan gå in på kontoret och prata, om det inte tar för lång tid för jag är ensam här fram till klockan elva. Maria kände sig lite lugnare av att mannen verkade så trygg och saklig. På samma gång blev hon dock orolig varför polisen ville prata med henne.

-Det tar säkert inte mer än högst tio minuter, svarade

mannen, som lite haltande gick före Maria in på kontoret.

Maria anade att han led av samma problem som hennes far hade haft under många år, nämligen en utsliten höftled. Hon såg att mannen grimaserade lite varje gång han satte ner sin vänsterfot och anade att han hade värk hela tiden, men att han försökte dölja sitt lidande så gått det gick.

-Varsågod och sitt! sade Maria och pekade på en stol inne på kontoret medan hon själv tog fram en pall som stod i ett hörn.

-Tackar! Jag ska gå direkt på saken. Vet ni om era nycklar hit till biblioteket har kopierats av någon?

-Nej, det tror jag inte. Jag har alltid nycklarna i min handväska, stammade Maria fram, samtidigt som hon återigen kände att det började hetta extremt mycket i ansiktet.

-Saken är den, att vid inbrottet här för ett par veckor sedan, så var vissa dörrar inte uppbrutna, utan någon hade använt nycklar. Det som får oss att misstänka att det är era nycklar som kopierats, är att er personliga kod har använts i kodlåset vid ytterdörren. Har ni den uppskriven någonstans? frågade polisen samtidigt som han iakttog Maria noggrant.

-Koden byts ju en gång i halvåret, så visst, jag har den uppskriven på en lapp i min väska, i fall jag skulle få hjärnsläpp och glömma den. Jag kan ta fram den, sade Maria och började rota i den. Frustrerad, efter ett par minuters intensivt letande gav hon upp. Lappen låg inte kvar i väskan. När hon tittade upp mot polisen såg hon att han höll i något.

-Är det den här ni letar efter? frågade polisen och höll upp lappen med hennes kod på.

-Ja det är det. Var kommer den ifrån? frågade Maria osäkert. Samtidigt kom de obehagliga tankarna, att det kanske var hon som var skyldig till att inbrottet när alla datorer stals, hade möjliggjorts.

-Den här lappen fann vi hos din son Oskar när han nyligen kroppsvisiterades vid ett gripande, sade polisen, eftertänksamt.

Maria märkte att han läste av henne ytterst noga för att kontrollera om hon talade sanning eller dolde något.

-Vi har inte haft så bra kontakt på sistone, antyder ni att det kan vara Oskar som har gjort inbrottet här? undrade Maria. Hon kände sig skyldig till att det gått snett för Oskar och att hon och Henrik hade misslyckats så totalt med hans uppfostran, att han nu var en simpel tjuv och förbrytare. Både hon och hennes man hade i alla tider föraktat sådana människor och sagt att huvudansvaret vid uppfostran låg hos föräldrarna. Gick det åt helvete så var det föräldrarnas fel, de var helt enkelt inte lämpliga till att skaffa barn. Och nu satt de här själva! Vad har vi gjort för fel? utbrast hon desperat efter lite betänketid.

-Ja du, jag som har varit polis i fyrtio år har sett massor med exempel på när alla förutsättningar funnits för att det ska gå bra och det istället gått käpprätt åt skogen. Själv hade jag en son som tog livet av sig innan han fyllde tjugo. Det spårade ur samma dag som han tog körkort, för på kvällen när han och hans kompisar skulle fira, körde han ihjäl en åttaåring som var på väg hem från fotbollsträningen. Hemma hade vår son inte fått en droppe sprit under hela uppväxttiden, men just den här kvällen var han rattfull med över en promille i blodet. Varför han drack och sedan körde är det ingen av oss som vet.

Jag och min fru har rannsakat oss massor med gånger och undrat vad vi gjort för fel. Kanske skulle vi stått på oss mer och inte låtit vår son vara tillsammans med det där gänget, jag visste nämligen att det var rätt vilda typer. Men man ska ju inte överbeskydda sina barn heller, det blir ju inte heller bra.

Föräldrarna till den lille killen han körde ihjäl kunde aldrig förlåta vår son för det han gjort, men jag klandrar dem inte. Jag tror själv att jag skulle ha väldigt svårt för det. Så jag tror ärligt talat inte att ni har varit några dåliga föräldrar åt Oskar. Ödet ville att det skulle bli så här.

-Du nämnde nyss att Oskar gripits, var det för det här brottet eller är han misstänkt för något mer? frågade Maria oroligt.

-Han togs drogpåverkad i en stulen bil. När han kroppsvisterades fann man en påse med amfetamin, en haschkaka och så den här lappen med numret som går till kodlåset här på biblioteket.

-Vi visste inte att han knarkade, usch så hemskt! kom det spontant från Maria. Får han fängelse för det här tror du? tillade hon.

-Jag vet inte, så länge han inte är dömd så är han ju oskyldig. Jag vill inte uttala mig om vad som kommer att hända Oskar.

-Var finns han nu och när kan jag och Henrik besöka honom? frågade Maria.

Han sitter på häktet och tillsvidare har han

besöksförbud. Men jag kan framföra en hälsning till honom så länge. Sedan meddelas det när han får ta emot besök, de kontaktar er som är närmast anhöriga. Det är möjligt att ni också kommer höras upplysninghsvis om varför ni hade numret till kodlåset relativt lättåtkomligt för en utomstående.

Först ilsknade Maria till när hon tänkte att det var väl för fasen inte hennes fel att hon hade så dåligt sifferminne och därför var tvungen att skriva ner alla slags nummer. Ingen hade ju i hennes privata väska att göra, helt enkelt. När hon direkt efter kom att tänka på att det var hennes älskade son som rotat i den, för att kanske finansiera sitt drogberoende började hon gråta.

-Ni har inte blivit av med fler saker, exempelvis kontanter eller bankkort? frågade polisen.

-Kortet har jag här, men när ni säger det så är jag nästan säker på att det saknats pengar ibland. Henrik kan gå och låna av mig ibland, fast han säger alltid till och dessutom lägger han tillbaka pengarna inom några dagar. Ibland har jag saknat kontanter när jag har handlat, men när jag frågat Henrik så har han bedyrat att han är oskyldig. Vi har skojat lite om det, att vi kanske börjar bli gamla och senila, men nu när du säger det så kan det mycket väl försvunnit en del pengar. Jag har dock ingen aning om vilka summor det kan röra sig om.

-Försök dra dig till minnes det till rättegången. Utan att säga för mycket så hade Oskar en del pengar på sig, och det är fortfarande oklart var de kommer ifrån. Jag ska inte störa dig mer, här är mitt kort om du har några frågor och vill nå mig, sade polisen och reste sig. Maria sträckte fram sin hand och nickade men fick inte fram ett ord. Hon visste först inte om hon skulle vara kvar på jobbet eller sjukskriva sig när hennes kollega kom. Till slut beslöt hon sig för att stanna kvar och jobba, inget blev ju bättre om hon gick hem. Henrik var ju också på sitt arbete hela dagen, så de fick prata om eländet ikväll, tänkte Maria och suckade tungt.

Scott hade hunnit tänka en hel del i sin ensamhet och så här i efterhand var det mycket han ville ha ogjort. Advokaten Annie Stolpe hade meddelat att hon skulle dyka upp efter lunch till honom. Han kände sig ganska förberedd på vad hon skulle fråga och tänkte berätta allt för henne. Om det var något som var olämpligt att det kom fram, så fick hon tala om det.

Louise Scott hade en ledig dag och skulle träffa sin mamma och ta en fika hemma hos henne. Precis när hon skulle låsa lägenheten och åka dit, ringde det i hennes mobiltelefon. Det var mamman som sade att hon inte mådde riktigt bra, det körde oroligt i magen på henne och hon hade nyligen varit tvungen att kräkas. Kräksjuka var bland det värsta Louise visste, så hon backade ur besöket med en gång och sade att de fick träffas en annan gång när hon mådde bättre. När hon låste upp dörren ringde det igen. Först trodde Louise att det var mamman som ringde en gång till för att hon glömt säga något, men det stod att det var hemligt nummer på skärmen.
-Louise Scott, svarade hon lite andfådd. Det behövdes inte mycket för att hon skulle börja flåsa, och hon fick

göra allt för att försöka andas lite lugnare, inte minst för att höra vem det var som ringde.

-Nils Svensson, polismyndigheten. Jag kan meddela att åklagaren har gett din man tillåtelse att ta emot besök från och med i eftermiddag av er. Klockan fjorton och en halvtimme framåt är det som gäller. Ni behöver inte meddela nu om ni kommer, men är det aktuellt så kom en halvtimme tidigare för visitation och anmälan i receptionen. Har ni några frågor?

-Nej, inte vad jag kan komma på nu. Jag får fundera på hur jag ska göra. Tack för att ni ringde, svarade Louise innan hon avslutade samtalet.

Punktligare än tåget stegade Annie Stolpe in i förhörsrummet exakt klockan ett där Scott redan satt. Han hade inte tidigare tänkt på det, men trots att Annie säkert var nästan tio år äldre än han själv, så var hon väldigt attraktiv. Om det berodde på att hon skippat tantdräkten hon bar sist han såg henne visste han inte säkert, men det kunde mycket väl vara en orsak. Den här gången hade hon istället en nästan genomskinlig blus där åtminstone en knapp till borde knäppts för att lämna något åt fantasin. Tillsammans med ett par tajta trekvarts byxor märkte Scott själv att han tappade hakan och inte kunde släppa blicken från hennes kropp. Han tyckte tiden stod still, när han plötsligt mötte Annies blick och hennes halvöppna leende mun. Att Scott inte märkt med en gång att Annie sett att han iakttog henne tyckte han var pinsamt. Det berodde förmodligen på att hennes lugg med det nytvättade håret som doftade så gott, hängde ner lite över hennes ögon.

-Hej Joakim Scott, trevligt att träffas igen, hade varit ännu trevligare om vi setts någon annanstans, sade hon retsamt.

-Kan inte annat än hålla med, svarade Scott flummigt, lite fundersam över vad hon egentligen hade menat.

-Vi har bara en timme på oss, så vi får sätta igång direkt. Vill du ge en så utförlig redogörelse för händelseförloppet som möjligt, så inflikar jag med frågor om det finns oklarheter. Jag har läst utredningen med anklagelserna mot dig, men nu är det din berättelse som är intressant, fortsatte advokaten med en yrkesmässig stämma.

Scott talade om allt från början, då han fått en förfrågan av sin forne vän Klas, som sagt att han behövde hjälp. Utan att fråga vad det gällde, berättade Scott att han erbjudit sig att ställa upp. En grej han ångrade djupt så här i efterhand.

Scott kunde inte låta bli att snegla ner på Annies bröst som hölls upp av en minimal svart bh. Vid ett par tillfällen såg Annie det, utan att säga något. Hon bara log förföriskt mot honom och tycktes njuta av att bli betraktad. Scott kände hur generad han blev och kom av sig lite, så Annie fick påminna honom om var i berättelsen han befann sig.

Louise velade som en politiker, om hon skulle besöka sin man eller inte. Som tidigare brottades hon med tankar på att Jonathan som skulle komma till världen om några månader, behövde sin pappa när han växte upp. På samma gång visste hon ärligt talat inte om hon någonsin kunde förlåta honom för det han hade gjort. Till

153

slut tog hon fram en enkrona av den gamla hederliga sorten och bestämde sig för att singla slant. Blev det krona skulle hon besöka Scott, annars inte. Det blev klave, men Louise var inte säker på om det räknades, för hon hade av all nervositet fått en sådan förbannad handsvett. Hon gick och tvättade häderna och gjorde om försöket. Det blev klave nu också, men Louise resonerade som så, att händerna kanske inte var riktigt torra, så det fick bli ett tredje försök efter att hon blåst på dem i minst en minut för att få dem riktigt torra.

-Krona! vrålade Louise så pass högt att Henrik tillfälligt slutade bita i sin gummigris och istället tittade på henne. Klockan var mycket, så skulle hon hinna till Scott i tid fick hon skynda sig. Två minuter senare satt hon i bilen och körde som en galning för att hinna dit. Precis halvtvå gick hon fram till luckan i receptionen och anmälde att hon ville besöka sin man, Joakim Scott. Louise tyckte inte om att visiteras men förstod på samma gång att det var nödvändigt att alla fick göra det. Hon hade varit med om det flera gånger tidigare, så hon visste att de bara gjorde sitt jobb. Som väl var tyckte hon att de utförde den på ett så trevligt sätt som det var möjligt.

Louise bad om att få gå på toaletten innan hon skulle få träffa sin man, vilket det fanns tid till för det var fem minuter kvar.

Samtidigt höll advokaten på att avrunda samtalet med Scott i rummet som låg mitt emot toaletten.

-Vad säger din fru om att du sitter här nu då, när ni ska bli föräldrar snart? frågade Annie.

154

-Jag vet inte riktigt. Jag är inte så säker på att hon vill veta av mig ens, svarade Scott och tittade ner mot Annie solbruna smalben. Hon har säkert varit utomlands nyligen tänkte han medan han kände att hans ögon fylldes av tårar fast han inte alls ville det. Han försökte tränga bort tankarna på att Louise kanske skulle lämna honom och tittade upp mot advokaten. Efter några sekunder harklade han sig och sade:

-Hur är det med dig själv då? du verkar alltid lycklig och glad trots att du förmodligen träffar en massa dåliga människor som jag hela dagarna. Dras du inte också ner i skiten ibland? frågade Scott.

-Jag förlorade min man för en månad sedan. Han var snickare och föll ner från ett tak så olyckligt att han dog. Så jag mår egentligen piss, sade Annie och bröt ihop. Scott tog ett steg fram till henne och kramade om henne för att ge tröst samtidigt som han ursäktade sig att han hade frågat henne om hennes privatliv.

-Du kunde ju inte veta det, svarade Annie och gav Scott en puss på kinden medan hon omfamnade honom.

Utan att knacka öppnade en polis i samma sekund dörren, för att säga att Scott hade besök.

Synen Louise fick när hon kom ut från toaletten, att hennes man stod och hånglade med en annan, högg som en dolk in i hjärtat på henne.

När Scott tittade ut genom dörröppningen, såg han sin fru rusa därifrån skrikande något ohörbart med gråten i halsen.

Kapitel 16

Maria hade svårt att hålla sig fokuserad på arbetet den här dagen, fast hon verkligen försökte. Flera gånger hade hon tänkt ringa Henrik och berätta för honom om vad polisen hade sagt. Varje gång hade hon dock avbrutits av att någon kommit fram och frågat henne om något.

Även hennes arbetskollega som börjat klockan elva, lyckades som vanligt störa Maria med sitt pladdrande. Hon hette Monica och var gift med Roland, som ledde kyrkokören som Maria sjöng i. Han var grymt sexig, med sitt håriga bröst och polisonger stora som kycklingklubbor, tyckte de flesta, även Maria. Monica var en riktig skvallerkärring, så Maria var noga med att inte säga något om Oskar till henne.

När de tillsammans äntligen skulle stänga biblioteket för dagen, bad Maria en tyst bön för sig själv, att ingen hade fått för sig att tömma hennes cykeldäck på luft. När hon kom ut till cykelstället tvekade hon om hon blivit bönhörd eller inte. Om någon luftat hennes cykel gick inte att fastställa, för den var stulen. Kvar på marken låg ett avklippt lås och skräpade. Maria hade tagit fasta på att testa vad hon läst i en tidning för ett tag sedan, hur man skulle göra för att lindra ett raseriutbrott. Det gick ut på att man sakta räknade ner från tjugofem till noll, så kändes det inte så farligt. När hon kommit till noll försökte hon tänka positivt, dock utan någon större framgång.

Innerst inne var hon fortfarande vansinnig.

När Maria kom hem till deras hus såg hon på klockan att det bara var drygt en halvtimme till hennes man stängde försäkringsbolagets kontor. Ibland brukade de gå en promenad tillsammans när han kom hem, och sedan äta något lätt. Hon kände att det verkligen var läge för det i kväll, och för att påskynda det hela lite, skrev hon ett textmeddelande till Henrik. Hon föreslog att hon kunde möta upp vid hans kontor, så kunde de gå till båthamnen en sväng direkt.

Maria väntade inte på något svar, för var Henrik upptagen med kunder, vilket han ofta var innan stängningsdags, svarade han förmodligen inte. När hon bara hade femtio meter kvar till Länsförsäkringskontoret, såg hon sin man låsa dörren och plocka fram sin mobiltelefon. Innan han läst färdigt, var Maria framme hos honom, och tittade sorgset medan hon nickade.

-Vad är det, har det hänt något? frågade Henrik oroligt.

-Ja det kan man lugnt säga, vi tar det medan vi går till båthamnen, sade Maria. Ofta när hon haft problem tidigare, hade hon löst en del av dem just när hon varit nere vid hamnen, sittande på en bänk och tittat ut mot havet.

Henrik förblev tyst hela tiden när hans fru berättade om vad deras son Oskar hade gjort. Konstiga tankar for upp i hans hjärna, att han kanske haft mindre bekymmer när han konsumerade mer sprit fram till i somras. Eller var det så kanske, att om han började dricka igen, så skulle alla problem och svårigheter verka mindre? Precis som Maria fick han rejäla skuldkänslor för vad som hänt, men såg ingen lätt väg ut ur det hela. På väg hem kom de överens om att de var tvungna att ta kontakt med Ebba och berätta för henne om vad som inträffat. Fast de var tvillingar hade Oskar och hon inte haft så bra kontakt med varandra, men i sådana här lägen brydde hon sig, det visste de.

-Jag tror Ebba kan se problemen som Oskar hamnat i från en annan synvinkel. Förhoppningsvis kan hon finna en lösning på dem med, sade Henrik.

-Ja, det är möjligt. Jag ringer henne när vi kommer hem och frågar om hon kommer hem till helgen. Varken hon eller jag tycker om att prata om tunga saker på telefon, som du vet, svarade Maria.

När Maria satte foten på första trappsteget till deras hus, hörde hon ett textmeddelande komma på sin mobiltelefon. När hon såg att det var från Louise fick hon onda aningar om att det hänt något, fast hon inte öppnat det ännu. En olycka kommer sällan ensam, försvarade hon sina destruktiva tankar med, tyst för sig själv.

Scott som före lunch trott att han inte kunde sjunka längre ner i skiten, insåg nu hur fel han hade haft. Han förstod att det ytterst lilla förtroende Louise haft för honom, nu för all framtid var förstört. Här hade hon tagit sig tid att besöka honom där han satt i väntan på rättegång för att hon brytt sig. Med all säkerhet hade Louise varit ursinnig över det han gjort, men ändå hade hon visat empati till honom genom att komma, det var den enda slutsats man kunde dra, tänkte Scott. Det lilla hopp han haft att Louise skulle förlåta honom, var nu totalt bortblåst. Bara för att han varit så urbota dum den senaste tiden så skulle han få lida för det resten av livet.

Först att ge sig in i samarbetet med Klas och Oxen, redan där var gränsen passerad.

Men för att fullborda sin dumhet, hade hans fru nu då också kommit på honom med att stå och krama en annan kvinna! Att han gjort det för att trösta henne skulle han aldrig få tillfälle att säga, och på det hela taget lät det ju som en jäkligt tunn förklaring, tyckte Scott och suckade.

Liknelsen av att hans liv drabbats av en rejäl efterdyning slog honom, utan att göra honom lyckligare för det.

Men visst var det så, att precis som när han ramlat överbord för en tid sedan, så hade det då varit orolig sjö och sedan kommit en rejäl efterdyning från ett lastfartyg. På samma sätt hade hela hans liv varit, stormigt som tusan, och när han trott att det värsta var över hade en oväntad efterdyning fått honom att tappa kontrollen helt. Ett par fruktansvärt ödesdigra misstag i livet hade resulterat i detta.

Den äckliga smaken som han hade i munnen efter kaviar och äggsmörgåsen han ätit till frukost, förstärkte Scotts känsla av att han var en totalt misslyckad människa.

Den förbannade halsbrännan och magkatarren han fått sedan han greps, strök under allt elände med rödpenna och blev bara värre för varje minut som gick.

Scott insåg att han inte hade så mycket positivt att se fram emot. Han förstod att ett fängelsestraff var oundvikligt, men vad skulle hända sedan? tänkte han för sig själv. Det fanns inget hopp för framtiden, inte ens efter frigivningen. Inget hopp över huvud taget.

Anton började bli nöjd med sin planering om hur han tänkte gå till väga. På vilket sätt han skulle lura ut Markus och Jonas dit han ville, hade länge varit ett dilemma, men till slut hade han kommit på ett riktigt smart sätt. Om det fungerade visste han först efteråt, men han trodde att snutarna skulle nappa på kroken. Eftersom Anton absolut inte ville bli upptäckt av någon, så var det av största vikt att få snutarna att bege sig till honom på ett ytterst avskilt ställe. Där skulle han invänta dem och på nästan hundra meters håll likvidera dem som dödat hans bror.

Den sista inhandlingen som behövdes för att låta planen gå till handling, hade han gjort under förmiddagen i en förbutik till Ica. Det var två stycken blå frankerade och vadderade kuvert, som han nyss skrivit ut ettikettter med adressat och avsändare på. Som avsändare hade han angett ett par inte alltför avlägsna släktingar till dem, för att de inte skulle misstänka något. Under hela processen, från det att han köpt kuverten tills han fixat på namnettiketterna på dem, hade han haft handskar på sig. Anton hade till och med använt andningsmask och tvättat de stulna underkläderna separat, allt för att inte lämna några DNA-spår.

Det hade hunnit bli måndag den tjugofjärde oktober och det lovades en dag med uppehåll och halvklart väder. När Anton kom ut på trottoaren utanför sin bostad hajade han dock till för att det kändes så otroligt höstlikt i luften. Visserligen var klockan bara lite efter fyra på morgonen, men ändå. Den kyliga luften hade dock det goda med sig, att hans sinnen vässades maximalt och han kände sig redo. Att ta sig till Markus och Jonas adresser löste sig mycket smidigare än han hade vågat hoppas på. I och med att det var så tidigt på morgonen, och motorcykeln var rengjord och servad för vinterförvaring, så ville han inte ta den. Dels skulle han väckt halva Stockholm och dessutom var risken stor att den blev skitig av regnet som fallit under natten. Det var nästan en halvmil att gå, men redan efter femtio meter kom den ultimata lösningen. En ung man parkerade en fin elcykel vid trottoarkanten på andra sidan gatan och började gå därifrån.

-Ska du inte låsa cykeln, någon jävel kan ju sno den, ropade Anton.

-Hehe, jag har själv lånat den för att den inte var låst och jag behöver den inte mer. Ta den om du behöver den, sade ynglingen och gick in i en port.

-Ja det kan du ge dig på att jag gör, mumlade Anton och gick fram till cykeln. Det kändes som evigheter sedan han hade cyklat, och i början ville han ta i alldeles för mycket när han svängde, men efter lite vinglande så släppte det. Anton hade fått ärva sin bror Anders gamla moped, men den var nedplockad i smådelar. Han hade fått tillbaka den efter att brorsan blivit stoppad med den, och det var så mycket fel på den så de hade gjort en hel lista med vad som skulle åtgärdas, innan den fick tas i bruk igen. Anton insåg att det var en elcykel han skulle skaffa istället, för den gick ju fort, tyst och man slapp avgaserna. Betydligt bättre än en gammal moped.

Efter ett par kvarter började Anton garva åt sig själv. Först hade han tänkt att han var tvungen att spara i några månader för att kunna få råd att köpa en. Plötsligt kom han då på att det var ju helt onödigt. Det var ju bara att behålla den han just satt på, så var ju problemet löst. Man kunde ju knappt ens påstå att han hade stulit den, för han hade ju bara tagit hand om den så att ingen jävel skulle sno den, resonerade Anton när han susade fram nästan ljudlöst på de för tillfälligt glest trafikerade gatorna.

Anton hade redan hunnit halvvägs till Jonas och Alice lägenhet som han tänkte ta först, när han beslöt sig för att en sista gång gå igenom i huvudet vad han skrivit på lapparna och lagt i kuverten tillsammans med underkläderna.

Texten löd; "Hej! Du och din väninna glömde lite underkläder hos mig när vi älskade med varandra sist! Det var förresten underbart! Kan väl träffas igen idag klockan två i mitt torp. Det ligger 15 kilometer väster om Enköping invid väg 70. Ta av mot Härvsta så kommer ni snart till ett ljusblått torp med flaggstång, där är det! Ni kanske vill att jag ska ha flaggan uppe i stången! Ser fram emot att träffas igen!"

Anton var riktigt nöjd med vad han skrivit, det borde få Markus och Jonas att komma till det gamla ödetorpet som ett par blodtörstiga hajar.

En liten bit därifrån hade han sett ut en perfekt plats för sig själv att befinna sig på när de kom dit. Fritt skottfält och bra flyktväg.

Klockan var inte mer än halvfem på morgonen, när Anton levererat sina försändelser till de båda paren. På väg hem tändes lampan att det bara var tjugofem procent av batteriet kvar, så det behövde snart laddas. Laddkabeln låg i cykelkorgen, så det var lätt fixat så fort han kom hem. Anton tog med cykeln upp till sin lägenhet och ställde den ute på balkongen där det passande nog fanns ett eluttag. Han ställde den där för han ville absolut inte bli av med den.

Ögonen ville inte sluta rinna för det hade gått så pass fort med elcykeln, och på vägen hem hade det dessutom varit motvind. Men vad gjorde det, tänkte Anton. I eftermiddag ska jag ha hedrat min döde bror genom att likvidera hans mördare. Det är det som är det viktigaste, tänkte han och satte på en kopp varm choklad.

Maria var tvungen att sätta sig ner på golvet när Louise började berätta om vad hon varit med om. Scott var ju verkligen en jubelidiot om han stod och grovhånglade med en kvinna inför ögonen på sin fru som han dessutom väntade barn med.

-Är du helt säker på att det inte råder något missförstånd på något sätt? undrade Maria.

-Jag såg med egna ögon hur hon kysste honom, det kan väl bara tolkas på ett sätt eller hur? svarade Louise uppgivet.

Som det känns just nu kommer jag aldrig att förlåta honom för det här. Att han var inblandad i ett rånförsök som skulle blivit ett av Sveriges största var redan det för mycket, men okej, det kanske jag kunde släppt. Men det här när jag såg dem tillsammans är bara för mycket, fortsatte Louise.

-Gör nu inget förhastat, låt oss försöka se helheten i det hela. Jag kan be min man Henrik prata med honom och höra hur han tänker. Vill du förresten att jag tar ledigt imorgon och kommer upp till dig? frågade Maria.

- Nej. det behövs inte. En jobbarkompis kommer över till mig en sväng ikväll så det ordnar sig, men tack ändå.

-Jag ska be min man direkt att ta kontakt med Scott. Du ska se att även om det ser mörkt ut, så kommer det nog att lösa sig till slut. Det känner jag på mig, sade Maria med hoppfull röst.

-Får väl hoppas du har rätt, men jag tror faktiskt inte det. Jag måste gå på toaletten nu, men om det går bra för dig så kanske jag ringer till dig imorgon med. Det känns som om du är den enda människan jag kan lita på. Tack så mycket för ditt stöd, sade Louise innan de avslutade samtalet.

Precis när Maria tryckt på röd lur, ringde hennes mobiltelefon. Det var dottern Ebba som lät uppriven.

-Det går rykten om att Oskar går på Tramadol och att han har gjort inbrott på ett par ställen, stämmer det? frågade Ebba.

-Att han stulit datorer från min arbetsplats, har jag fått veta av polisen idag. Men att han går på droger har vi bara anat. Hur har du fått veta det? undrade Maria oroligt.

-Det var en på skolan som berättade det. han sa det inför en massa andra så jag höll på att skämmas ihjäl. Var han fått reda på det vet jag inte. Jag tror att han sålt Tramadol på skolan, men nu beställer alla som vill ha det, drogen direkt på nätet själva. Därmed missar han väl en del pengar skulle jag tro. Kanske har han chattat med Oskar, det kanske är det troligaste, fortsatte Ebba.

-Din pappa och jag diskuterade det här nyss, allt skit som Oskar sjunkit ner i. Vi sade till varandra att det kanske vore bäst om vi kunde träffas och försöka komma fram till en lösning. Tänker du komma hem till oss i helgen? undrade Maria.

-Möjligt att jag kan komma på lördag, men jag måste åka ner igen på kvällen. Jag har nämligen en tentamen på måndag som jag måste plugga till.

-Okej, jag förstår. Tror du att du kan tänka dig att snacka med Oskar? vi tror att han kanske lyssnar mer på dig, du kan väl fundera på det i alla fall, sade Maria.

-Jag bestämmer mig tills jag kommer, spontant tror jag tyvärr att han skiter i vad jag säger, men det skadar väl inte att testa. Jag har en föreläsning i kväll och måste rusa. Jag hör av mig, hejdå! avslutade Ebba samtalet med.

När Maria tittade vart Henrik tagit vägen hörde hon plötsligt ett klirrande ljud från storarummet som lät bekant.

-Du tänker väl inte börja dricka igen? frågade Maria ängsligt.

-Just nu känner jag att det enda som hjälper är ett stort glas whiskey för att dränka sorgerna, sade Henrik och satte sig i en fåtölj.

Först tänkte Maria sätta sig i köket för att försöka få lite ordning på tankarna, men ändrade sig.

-Vill du slå upp ett stort glas rött vin till mig? För en gångs skull känner jag att det är vad jag behöver just nu.

Ett par timmar senare hade de pratat om allt som inträffat och det kändes fortfarande långt i från bra, men ändå rätt hyggligt. Lite lagom berusade gick de till sängs och låg med varandra, innan de somnade tätt omslingrade.

Kapitel 17

-Du har besök, sade en av väktarna och Scott hörde hur nycklarna rasslade i celldörren.

Egentligen var det inte besökstid så här dags, men Scott hoppades att Louise på något sätt lyckats få igenom ett undantag på det. Han ville så gärna förklara allt för henne och hoppades att hon skulle förlåta honom.

-God middag Scott, sade en barsk stämma. Vad har du nu hittat på? frågade polismästare Östen Karlsson.

-Hej, ja det är inget jag är speciellt stolt över, mumlade Scott med blicken ner i det blankmålade cement golvet.

Vid sådana här tillfällen, när han dels hade gjort något jävligt dumt, samt kände sig underlägsen inför någon, så skämdes han som en hund. På något sätt blev det inte fullt så fruktansvärt om han tittade bort, istället för att möta blicken på den som tilltalade honom.

-Som du förstår så har du just dragit en nitlott på riktigt. Jag hade ju tänkt anlita dig som infiltratör med en rejäl ersättning varje månad. Men den chansen är ju helt bortblåst nu, sade Östen med en röst som fick Scott att skälva. Polismästaren pratade inte speciellt högt, men tonläget var väldigt respektingivande.

-Jag fattar inte själv att jag gjorde det. Dessutom förmodar jag att jag förstört mitt förhållande med Louise. Själv tycker jag nu att det kanske är bäst om jag får sitta inne här tills jag dör. På fängelset kan jag ju inte svika någon på samma sätt, svarade Scott uppgivet.

-Berätta för mig varför du tror att Louise kommer att

166

lämna dig, sade polismästaren och försökte att sätta sig lite mer bekvämt.

En stund senare kunde Östen inte mer än hålla med Scott om att han nog var ett av de präktigaste klantarslen som fötts.

-Tack för att du tog dig tid att lyssna på mig, det var hyggligt. Hur är läget med dig själv förresten, trivs du på din nya arbetsplats? undrade Scott.

-Jobbet är väl inte riktigt som jag hoppades, det är alldeles för byråkratiskt. Till allt skit har jag fått besvär av kärlkramp så jag kommer sluta arbeta inom ett par månader.

-Det var tråkigt att höra, kan inte läkarna hjälpa dig då? sade Scott och ångrade att han frågat.

-Problemet är som du förstår, att jag väger runt femtio kilo för mycket. Jag har alltid tyckt om god mat i stora mängder, det är min svaghet. Alla har vi våra laster, sade Östen eftertänksamt och klappade sig på den stora runda buken.

Ett tag funderade Scott på hur det skulle vara att byta sitt liv med polismästarens. Det var ju en helt omöjlig och befängd idè, ändå hade den ploppat upp i hans hjärna.

Efter ett litet tag insåg Scott att han kanske inte skulle sitta och självömka så förbannat. Östens framtid såg ju egentligen allt annat än ljus ut. Det var ballongvidgningar, infarkter och alla möjliga ålderdomsbesvär att vänta. Själv var han ju bara drygt trettiotvå och kunde han bara få förlåtelse av Louise, så skulle han ju vara på banan igen. Men hur det skulle gå till, hade han ingen aning om. Inte den ringaste.

Jonas hade vaknat tidigt på morgonen och kunde trots seriösa försök inte somna om. Han visste vad det berodde på och ångrade bittert gårdagens tabletter som han tagit, för att han känt sig slö på eftermiddagen. Redan klockan två på natten hade han vaknat, och nu for tankarna i hans hjärna likt aktiviteten i en uppretad myrstack. Lite före fem på morgonen hade han hört att tidningsbudet skramlat med brevinkastet och så långt var allting som det brukade. Det konstiga var, att en kvart senare hade någon återigen pressat in något där. Av ren nyfikenhet gick Jonas upp för att se efter vad som var på gång. Först såg han bara Dagens Nyheter på entrèmattan, men när han skulle ta upp den märkte han att det låg ett blått vadderat brev precis under. När han kontrollerade vem avsändaren var, och såg att det var från en moster till Alice, beslöt han sig för att öppna det mjuka brevet för att se vad det innehöll. Till sin förvåning upptäckte han sin fästmös trosor och en spets-bh som han själv varit med när hon köpt. Efter att han läst meddelandet som stod på den bifogade lappen, kände han hur det började koka inom sig, som det alltid gjorde innan han fick ett raseriutbrott. De här tillfällena hade absolut kommit allt tätare sedan han börjat testa olika droger. Brottslingar som tiggde om det kunde han utan att tveka bruka övervåld mot, för att på så sätt bli av med den värsta adrenalinkicken. Den här gången var lite annorlunda på så sätt att han blev ännu mer förbannad än någonsin tidigare. Plötsligt hörde han hur Alice frågade varför han redan gått upp. och då satt han redan vid köksbordet och hade rivit morgontidningen i småbitar, utan att vara medveten om det.

-Kan du komma hit och förklara det här? vi har fått post tidigt idag, sade Jonas syrligt.

-Vad är det som är så viktigt att det inte kan vänta? undrade Alice när hon långsamt kom ut från sovrummet medan hon knöt sin morgorock.

-Det står att du och Marie har ett inbokat möte med en hemlig älskare. Jag vet att du aldrig skulle göra så här mot mig. Räkna med att Markus och jag ska ha en orgie med den fan senare idag, och det kommer bli hans sista, sade Jonas med en blick som Alice aldrig någonsin skådat.

-Du får inte göra något som du får lida för senare, tänk på att vi ska bli föräldrar om ett halvår, sade Alice oroligt. Vi kan väl lika gärna äta frukost redan, det känns inte som att det går att somna om igen i alla fall, fortsatte hon och laddade kaffebryggen.

-Jag ringer Markus medan du plockar fram lite, och kontrollerar om han fått ett likadant brev. Sex signaler senare svarade Markus sömnigt. Ganska snart blev han dock klarvaken och gick med raska steg till brevinkastet.

-Förbannat, det ligger ett blått brev här med! Vi ses på cafèet om en timme när de öppnar.

Båda visste att man fick passa sig för att säga för mycket på mobiltelefonerna. Dessutom var det gymmet de skulle mötas på, när de sade cafèet. De hade varit med om många polisutredningar och visste att det gällde att vara försiktig om man inte ville bli bunden till ett brott.

-Ta med ditt brev oöppnat, så låter vi teknikerna se om de hittar några spår under förmiddagen, sade Jonas innan de lade på.

På bara ett par veckor hade Mohammed och hans söner Ali och Assar lyckats betala av det mesta av skulden. Alla var glada för att polisen inte hade fått upp några spår efter Mohammed sedan han fritagits. Rafael, som var Mohammeds bror, hade skaffat ett vattentätt alibi, så redan där hade utredningen kört fast. Till sin hjälp hade även det misslyckade värdetransportrånet bidragit. Massor av gripanden hade gjorts och stora resurser krävts, vilket medförde att sökandet efter Mohammed förmodligen kommit i andra hand. Mohammed njöt för fullt av att han kunnat blåsa svenska staten så totalt. Det mest förträffliga var, att han trots att han bytt identitet lyckades ta del av alla förmånliga bidrag som tidigare. Bland sina närstående gick han under namnet Mohammed den andre, för han hade ju ändrat en del på sig, men ändå var han faktiskt samma person. Hans planering var redan i full gång med att starta upp en ny verksamhet i Umeå. Så mycket hade han förstått under de år som han ägnat sig åt knarkförsäljning, att det var en fördel att hålla till i en ort där det vistades mycket studenter. Det hade dock inte varit så i alla tider. Bara för drygt femton år sedan var det mest hasch, heroin och amfetamin som man förknippade med droger, och dessa passade sig oftast genomsnitts ungdomarna för. Sedan dess hade betydligt fler sorters kemiska droger börjat tillverkas. Det som var bra med dessa var främst att de flesta inte ansåg att det var speciellt konstigt använda dem. Visst hade de biverkningar också, men det fanns ofta i sin tur medel att ta till för att lindra dem. Det extra fina ansåg Mohammed var, att han lyckats få starta eget bidrag för sin blivande affärsrörelse. I pappren hade han ansökt om att få sälja exotiska the sorter i en liten butikslokal i centrala Umeå.

Ali och Assar var måttligt intresserade av att flytta med, men det verkade inte Mohammed bry sig om.

Särskilt Assar tyckte att han och Ali skulle göra ett försök att få svenskt medborgarskap. Det som försvårade det hela, var att de var osäkra på om deras DNA fastställts från kidnappningen de gjort av en polismans fästmö som hette Marie. På något sätt tänkte de försöka ta reda på det, samt om de nu var efterlysta, så ville de även veta hur lång preskriptionstiden var. Båda var trötta på att inte kunna leva ett mer normalt svenneliv då man skaffade familj, köpte hund och körde Volvo. Att hålla på att sälja droger till personer som inte alla gånger ens fyllt femton, kändes väldigt oansvarigt och destruktivt.

-Vi får se till att ta reda på fakta ganska snart. Så fort vår far betalat av hela skulden till morbror Rafael, lär han vilja flytta upp till lapphelvetet. Jag som håller på att frysa ihjäl här i Fjollnäs skulle aldrig överleva däruppe! sade Ali oroligt.

-Det är säkert hur enkelt som helst att ta reda på, har du hört talas om Google? frågade Assar retsamt och plockade fram sin Iphone.

Anton kände sig väl tillfreds när han tagit på sig det nya fina understället. Inget fick lämnas åt slumpen vid dagens viktiga handling då han bestämt sig för att skjuta männen som slagit ihjäl hans bror. Bara kläder och skor hade kostat honom över sextusen kronor, men det tyckte han det var värt. Det var ju trots allt den tjugofjärde oktober, så det var höst på riktigt och förmodligen till och med vinter snart. Visserligen hade nattens kyliga regn upphört för en bra stund sedan, men av erfarenhet visste han att det skulle vara hur fuktigt och rått som helst ute vid det blå torpet där mötet skulle ske. På grund av att han tänkte vara på plats långt innan, var det viktigt att han inte frös eller blev blöt, för det vore helt klart förödande för hans koncentration.

När han omsorgsfullt packat en bag med vapen, ammunition och chokladkakor samt klätt på sig allt, tog han hissen ner från sin lägenhet på andra våningen.

Anton förvånades av att det trots den kyliga och fuktiga luften som fyllde hans lungor vid första djupa andetaget, kändes så skönt att komma ut. Inte ens om det rakade huvudet frös han, allt tack vare en bra mössa som han köpt i en jaktbutik.

På en hyrbilsfirma hyrde han en bil i falskt namn för att inte riskera att kunna kopplas till brottet. Bilen, en liten svart Toyota, var en bilmodell som Anton kunde tänka sig att köpa någon gång i framtiden när han fick för mycket pengar. Det han gillade med den var främst att trots att den såg så liten ut, så var den riktigt rymlig. För säkerhets skull ställde han bagen i bagageutrymmet, så att den inte skulle fara runt i bilen om han mot all förmodan behövde bromsa hårt eller göra en undanmanöver. Grejorna tålde säkert sådant, det enda som kunde ta skada var inställningen på kikarsiktet till automatvapnet. Men det var just en sådan viktig detalj som kunde förstöra operationen helt.

Anton försökte att inte väcka någons uppmärksamhet när han körde mot torpet. Vid ett tillfälle höll en liten lastbil på att köra in i sidan på honom för att chauffören inte sett sig för vid ett körfältsbyte. I normala fall hade Anton lagt sig bakom och tutat i minst en halvmil för att på riktigt idiotförklara den andra föraren, men det hoppade han över idag. För att komma till platsen där ödetorpet låg, kunde man använda sig av två vägar. Den ena var knappt framkomlig med bil, så den tänkte Anton använda som flyktväg till fots en bit när han skulle lämna området. Första hundra meterna gick att köra in, så dit kunde Anton ta bilen, men sedan var det värre. När han rekognoserat platsen tidigare hade han sett att det var omöjligt att vända på den lilla skogsvägen, så han backade in. Att någon skulle komma gående och undra varför en svart Toyota stod parkerad mitt i skogen, var högst osannolikt. Om det ändå skedde, var det mest troliga att det var en jägare eller svampplockare som parkerat där.

När han lyft ur bagen ur bilen kom han plötsligt på en sak som han inte tänkt på tidigare. Allt hade han planerat in i minsta detalj förutom en sak. Var han skulle göra av bilnycklarna under tiden han gick upp till den lilla höjden, var ju ett problem. Det fanns minst tjugo fickor i hans kläder och de flesta var försedda med dragkedja, men där ville han inte lägga dem. Visst var risken minimal att han skulle tappa dem, men att komma ihåg snabbt i vilken ficka han lagt dem när han hade bråttom därifrån, kunde mycket väl ställa till det. Efter lite funderande lade han nycklarna på vänster bakhjul och ansåg därmed att problemet var löst. När han började gå uppför backen mot den lilla höjden, lade han märke till att spår i det långa blöta gräset syntes sedan han var där och tittade en vecka tidigare. Dels hade han senast lyckats trampa på en del stora ormbunkar och sly som därmed gått av, och på så sett lämnat tydliga spår. På ett ställe såg han till och med ett tydligt avtryck från sin vänstra gymnastiksko i den fuktiga jorden och insåg att det inte bara var kläderna han bar, som han var tvungen att göra sig av med. Allt han haft på sig förra gången han var här, var tvunget att förstöras och slängas. På filmer han sett, hade många brott kunnat lösas för att små till synes obetydliga detaljer hittats av polisens brottsutredare. Men lyckades han bara bli av med allt senare under dagen, borde det ju vara lugnt, intalade sig Anton själv, när han bara hade ett tiotal meter kvar till sin förutbestämda plats.

Anton hajade till när det kom ett textmeddelande på hans mobiltelefon, och tog fram den för att se vem det var ifrån. I samma sekund som han tänkte låsa upp telefonen och läsa det, slog det honom att han gjort en riktig dundertabbe! Hur tusan hade han tänkt när han stoppade på sig mobiltelefonen egentligen, undrade han för sig själv. Utan att öppna telefonen kunde han läsa inledningen på sms:et och se att det var en jobbarkompis som undrade hur det gick med jakten. Anton visste att han sagt på jobbet att han behövde vara ledig just idag för att han skulle följa med ut och jaga, men var ändå förvånad av att någon kommit ihåg det. Snabbt plockade han ur minneskort och batteri för att ingen skulle kunna spåra honom.

Klockan var inte ens åtta på morgonen när Anton rullade ut sitt liggunderlag i den fuktiga vegetationen. Där han låg hade han perfekta möjligheter att överblicka området. I god tid kunde han också se om det kom någon bil till torpet, för vägen dit var även den överblickbar de sista sjuttio meterna fram till byggnaden. Han trodde inte att han skulle få vänta speciellt länge innan Markus och Jonas dök upp, för med all säkerhet var de rejält uppretade och ville ta reda på vem som skickat damunderkläder till dem. En liten chans fanns ju dock, att brudarna kom själva den tiden han föreslagit, och då kunde de ju ha riktigt trevligt ett tag, tänkte Anton och log.

-Nu ska det bli gott med en chokladkaka, sade Anton efter en stund för sig själv och plockade fram en tvåhundra grams ur bagen. Solen började värma skönt i nacken medan han tog ett rejält bett. På långt avstånd hörde han ett par skott, och antog att ett av älgjaktens första djur hade fällts. Snart är det dags för mig med att fälla mitt byte, tänkte Anton och siktade mot det blå torpet. Kikarsiktet borde göra det hela ganska enkelt, tänkte han när han såg alla detaljer så tydligt. Trots att det var en enormt stor sak för honom att skjuta ihjäl två människor snart, kände han ett fullkomligt lugn inom sig. Alla förberedelser var gjorda och det fanns egentligen inte så mycket som kunde gå fel. Som belöning till sig själv, tog han in sista fjärdedelen av chokladkakan i sin mun och njöt för fullt av stunden. Det enda som var lite synd, var att ingen någonsin skulle få veta säkert att det var han som utfört likvideringen av två korrumperade snutar. Rykten skulle säkert spridas att han hedrat sin bror Anders, men det var inget som han någonsin tänkte bekräfta. Inte för någon.

175

Kapitel 18

En kvart tidigare än de kommit överens om, stegade Markus in på gymmet. Till sin förvåning upptäckte han att Jonas redan var där och såg riktigt taggad ut.

-Ägaren var här tidigt och jag fick gå in så att jag slapp stå ute och frysa, sade Jonas.

-Okej, vad bra, svarade Markus samtidigt som han tittade runt i omklädningsrummet för att förvissa sig om att de var ensamma.

Jag har med mig försändelsen jag fick i träningsbagen. Vet du om teknikerna börjar jobba klockan sju eller åtta? undrade Markus.

-De börjar vid sju, och jag hoppas att Lisa Nilsson jobbar idag. Hon brukar nämligen vara snabb med att ta fram provsvar och har inte en massa dumma frågor om vad man kommer in med för något. De andra på den avdelningen vill alltid ha en hög med papper bifogade, för att allt skit ska ju dokumenteras som det ju så fint heter, sade Jonas fräsande av ilska.

-Vi kan ändå inte sitta och vänta på svaren de ger, jag tycker vi åker ut så snart vi kan till det där torpet. Det är ju helt klart en fördel om vi är där innan sexinstruktören anländer, sade Markus.

-Jag förstår hur du tänker, men vi får inte glömma att det här förmodligen är en fälla av något slag, och när personen skrev som han gjorde kan det mycket väl ha varit för att få ut dig och mig till en avskild plats. Jag menar, att det är nog säkrast att vi inte klampar rakt in i smeten. Jag tror absolut att vi måste ha skottsäkra västar, automatvapen och dessutom komma dit via någon bakväg genom skogen, om det nu finns någon, fortsatte Jonas eftertänksamt.

-Sedan är ju den bistra verkligheten faktiskt sådan, att vi egentligen har arbetstid idag mellan åtta och fem. Men om jag inte minns fel så skulle några ur vår piketgrupp få ägna sig åt fotpatrullering i innerstan på förmiddagen fram till lunch. Vi kan anmäla oss som frivilliga till det och sedan istället sticka ut och jaga knäppgök i torpet, föreslog Markus.

-Ja visst. Jag ska även kontrollera på fordonsavdelningen om vi kan låna en omålad polisbil på förmiddagen. Om jag fixar bil kan du ordna med analyseringen av brevet hos Lisa Nilsson. Hälsa från mig och säg att det är skitbråttom. Pressa henne och tala om att det är livsviktigt att vi får veta om hon hittar något DNA som redan finns registrerat hos oss! fortsatte Jonas.

Klockan närmade sig sju på morgonen när de tog en snabb dusch efter ett relativt kort men intensivt träningspass. Efter piketchefens genomgång där de bad om fotpatrullering på förmiddagen, gjorde de som de kommit överens om med lån av bil och analysering av brevet.

-Vi låser in vår anropsutrustning på Centralstationen innan vi åker, i fall polisledningen försöker spåra oss när vi inte svarar, föreslog Jonas.

-Låter som en bra idè. Har du hunnit titta på kartan hur terrängen ser ut därute?

-Ja, men som hastigast bara. Kör du ut dit så kan jag fingranska området när vi åker. Vad jag kunde se var att det verkade gå en gammal traktorväg bakom torpet. Det fanns även en del höjdskillnader där, men jag är osäker på hur sikten är. Möjligt att de har avverkat skogen nyligen så att torpet är omringat av ett kalhygge, men det får vi snart veta, sade Jonas och satte på sig bältet. I huvudet gick han igenom så att allt var med såsom skarp ammunition, automatkarbiner, västar och närstridsvapen.

-Vilken väg ska jag ta tycker du? frågade Markus när vägen delade sig och de bara hade fem kilometer kvar.

-Vi följer den här vägen lite till, så går jag försiktigt fram till torpet. Det borde ta mig lika lång tid som för dig att köra till den lilla traktorvägen och parkera. Därifrån får du gå upp på höjden här, sade jonas och pekade på skärmen. Jag vill att du skadeskjuter honom om du ser honom innan mig, sade Jonas.

-Är det inte bättre om jag går istället, du ska ju för tusan bli farsa snart, eller var det inte så? undrade Markus.

-Nej jag går, för jag har redan passat på att ta på mig den skottsäkra västen medan du kört. Kom ihåg att ta på dig din när du parkerat, vi har ju inte en aning om vad det är för en typ som väntar på oss, sade Jonas med allvarlig röst.

-Ja okej då. Jag är inte riktigt med på att du ska gå så att säga i drevet och jag stå på pass. Det verkar ganska riskfyllt och jag känner på mig att det vore bättre om jag gick, sade Markus oroligt.

-Snacka inte skit, jag går. Släpp av mig efter kurvan där framme, och se till att vara på höjden om exakt en halvtimme. Kontrollera att du har bra siktfält från platsen ner mot torpet, så du kan skjuta aset. Om trettiofem minuter smyger jag in i torpet om vi inte får kontakt med gärningsmannen tidigare, sade Jonas bestämt.

Henrik försökte förgäves få till ett möte med sin son som satt häktad i väntan på att utredningen skulle bli klar, men polisledningen sa att han fick vänta. Det enda som framkommit sedan Maria pratat med dem, var att han även var bunden till ett par bilstölder och ett butiksrån. Henrik ombads att återkomma på eftermiddagen igen, för att få besked om när det var möjligt. Egentligen ville han inte träffa Oskar personligen i det här läget, det kunde gärna vänta ett tag. Däremot såg både han och Maria en stor fördel i om Ebba kunde få träffa honom för ett samtal. Förhoppningsvis skulle Oskar lyssna mer på sin syster än sina föräldrar, men det var det ingen som visste säkert.

-Om inte Scott suttit inne nu, skulle han fått snacka med vår son. Han är ju ett tydligt exempel på hur det kan gå om man strular för mycket, sade Henrik uppgivet.

-Ja, det var ju inte bra att han också åkte in nu. Som du säger, kanske Oskar hade lyssnat mest på Scott, det tror jag med. Ärligt talat vet jag inte om Louise vill ha tillbaka sin man när han en gång släpps fri. Jag är orolig både för Louise och deras väntade barn, sade Maria ängsligt.

Plötsligt ringde det på Henriks telefon. Det visade sig att Oskar fick ta emot ett besök under lördagen klockan tio, vilket var förträffligt med tanke på att det var då som det passade Ebba.

Ett litet hopp tändes hos Henrik och Maria. Att deras son förmodligen skulle hamna i fängelse ett tag verkade ofrånkomligt, men det viktigaste var att han ändrade riktning på sitt liv när han kom ut. Hur det praktiskt skulle gå till visste de inte, men på något sätt måste det bara fungera, det var de fullständigt överens om.

Scott hade totalt tappat livsgnistan och hade svårt att få ordning på sina tankar. Det var flera saker som den sista tiden gått käpprätt åt skogen, något han inte var van vid. Vanligtvis kunde han luta sig tillbaka i de flesta lägen, på grund av att han oftast hade en osannolik tur. Men på sistone verkade det som om allt elände skulle drabba honom istället. Fast när han försökte rannsaka sina handlingar så kunde han absolut inte bara skylla på att han haft otur. Han hade gång på gång gjort extremt klumpiga och dumma handlingar den sista tiden, och det var ju det som hade satt honom i skiten just nu. Hur han skulle få ordning på allt visste han inte, det gick ju inte att backa tiden och få allt ogjort.

-Du har besök av din advokat, sade en väktare som utan minsta förvarning slet upp den lilla luckan i celldörren.
-Nu? frågade Scott förvånat, men det var det ingen som hörde. Precis samtidigt väsnades nämligen låskolvarnas metalliska läten när dörren låstes upp.
-Har du somnat Scott? ni ska träffas i ett rum här borta, så kom nu, sade väktaren som tydligen hade en dålig dag.

Scott reste sig men kunde inte gå speciellt snabbt. En obehagskänsla infann sig när han reste sig, av att hans ben och fötter nästan halvsov. Tydligen hade han suttit lite illa med sina ben när han var fördjupad i sina tankar, att han inte märkt att blodtillförseln begränsats och därmed fått allt under knäna att småstickas som av tusentals nålar.

Efter ett tiotal meter avtog sömnkänslan och han kunde gå mer normalt igen. Scott tänkte först förklarat varför han gått så sakta i början, men fann det onödigt. Redan i slutet på korridoren fanns dörren till rummet där Annie Stolpe väntade, så det var inte läge att säga något till en sur väktare som förmodligen bara väntade på att hans arbetsdag skulle ta slut.

-Hej Scott! kom in och sätt dig! sade Annie vänligt och pekade på en stol.

-Hej! svarade Scott och satte sig.

-Nu har jag fått det mesta klart för mig, och i korta ordalag ser det ut så här. Åklagaren har en ovanligt klar bild av hur händelserna utspelats vid rånförsöket och har insett att din roll i sammanhanget var av något mindre betydelse. Detta innebär dock inte att du kommer att gå fri, men du kommer få ett förhållandevis kort straff, kanske på tre till fem månader, innan du släpps ut igen, sade advokaten med ett leende. Detta förutsätter att vi godtar uppgörelsen med åklagaren fortsatte Annie och försökte få ögonkontakt med Scott.

-Jag hade nog hoppats att jag skulle släppas fri direkt, jag har ju inte gjort någonting, stammade Scott fram. Samtidigt kände han att det här med all säkerhet var slutet på förhållandet med sin fru, umgänget med sitt blivande barn och en massa annat.

-Erfarenhetsmässigt vet jag att åklagaren kunde tryckt till dig betydligt hårdare. Du har faktiskt varit delaktig i Sveriges genom tiderna största värdetransportrån. Eller försök till det åtminstone, rättade advokaten sig snabbt.

Straffet du får jämfört med övriga inblandade är väldigt lågt, så mycket kan jag säga sade Annie surt, för att inte Scott begrep hur lindrigt han trots allt kunde komma undan.

-Ursäkta, jag menar inget illa mot dig. Jag blev bara så besviken på att jag får fängelse. Jag vet att du har gjort ett kanonjobb och hade jag skött mig från början, hade jag ju varit en fri man nu istället för att sitta här. Jag kan inte skylla på någon annan, utan jag får ta konsekvenserna, det är bara så, sade Scott med så mild röst han förmådde.

-Jag vill att du funderar ett par dagar på åklagarens förslag. Min åsikt är att vi ska godta det, men vill du något annat så kan vi ju alltid försöka med att få dig helt frikänd. Eller om du kanske vill byta advokat, det är upp till dig, sade Annie och började plocka ihop sina papper och stänga av sin laptop.

-Lugna dig lite, klart jag vill ha dig och ingen annan, sade Scott vädjande.

Båda tittade på varandra fundersamt och nyfiket. Orden som lämnat Scotts mun kunde helt klart tolkas på väldigt olika sätt, vilket kanske inte varit meningen från början.

Innan Markus ens hunnit stanna helt, öppnade Jonas bildörren och klev av med den laddade automatkarbinen i handen.

-Trettio minuter från nu! sade Jonas och tittade själv snabbt på sin klocka.

Innan Markus hann svara, hade Jonas redan stängt dörren och smidigt tagit några snabba kliv in i skogen. Markus tittade till på klockan i bilen och förstod att han fick dra på lite för att hinna. Det var ju ytterst viktigt att han var där en stund tidigare, för att kunna ringa Jonas om det fanns något att rapportera från höjden. På bilens GPS såg han att Jonas hade nästan en och en halv kilometer fram till torpet, så han fick också skynda sig en del. Risken var att den de var ute efter, låg i ett bakhåll och såg när Jonas kom ångande genom skogen.

Återigen fick Markus en känsla av att det var en livsfarlig operation de gett sig in på. Särskilt Jonas liv kunde vara i fara, tänkte Markus och började känna att hans handsvett tilltog. Just vid kniviga och spända tillfällen drabbades han av det, och ju mer han tänkte på det, desto värre blev det.

Jonas hade bara kommit tio meter när han klivit rakt ner i ett gyttjefyllt hål och blivit genomsur ända upp till högerknät. Förbannad över missödet fortsatte han småsvärande vidare mot torpet, cirka femtio meter ifrån vägen som ledde dit. Under sin uppväxt hade han ofta vistats i skogen tack vare att hans far var jägare. Visst hade det hänt då med att han kommit hem genomsur, men det var ju när han fortfarande var i de yngre tonåren. Varje steg han tog påmindes han av missödet, för den förbaskade kängan kvackade som en parningsvillig anka varenda gång han satte ner foten. Jonas visste att det här var något som Markus skulle reta honom för vid kommande fester, vilket gjorde honom ännu mer arg. Först hade han tänkt att skadeskjuta gärningsmannen för att ta reda på hur han tänkte, men ju mer han grubblade på det, så ville han bara ta livet av honom så snabbt som möjligt.

Plötsligt upptäckte Markus till sin fasa att han svängt in

183

på fel väg. För att reparera skadan gjorde han en saxvändning precis innan en kurva, vilket höll på att resultera i att en timmerbil kunde brakat in i sidan på honom. Han hoppades att han kunde köra in tiden han missat, men det skulle vara på det berömda håret, det förstod han redan. Ett tag tänkte han ringa Jonas och säga att han behövde tio minuter till, men trängde genast bort den tanken. Förmodligen skulle i så fall Jonas reta honom inför andra på fester och liknande framöver. Genom att säga att Markus minsann behövde ta fler körlektioner för att han inte visste vad gaspedalen skulle användas till, kunde det bli hur pinsamt som helst.

Jonas kunde nu skymta det blå torpet dit Marie och Alice var inbjudna. Fortfarande hade han drygt hundra meter fram till dörren vilket i och för sig inte var speciellt långt. Det som försvårade en säker framryckning var dock att det var helt öppet fram till huset, inte ens en liten buske fanns det att ta skydd bakom om det behövdes. Jag får förlita mig på att Markus är beredd att skjuta honom om det behövs, tänkte Jonas oroligt och tittade på klockan. Det var bara tre minuter kvar och under tiden tog Jonas fram sin lilla tubkikare och spanade in i fönstret på torpet. Det verkade helt livlöst därinne, så han spanade vidare på platser där han själv kunde tänkt sig att ligga i bakhåll för någon.

Anton hade nyligen hört ett långt dovt ljud som han trodde kom från en lastbilstuta. Att det hade något samband med att han snart skulle få besök trodde han knappast, men han kände på sig att det var dags att skärpa sig lite. Så tyst han kunde, tog han fram en chokladkaka till och öppnade papperet i ena änden. Samtidigt som han tog ett stort bett, tog han upp sitt vapen och tittade i kikarsiktet. Systematiskt sökte han av området kring torpet och plötsligt såg han hur det blänkte till i något i skogskanten. Tack vare att han själv hade solen i ryggen, bildades det reflexer i Jonas kikare som avslöjade precis var han höll hus någonstans. Anton försökte upptäcka Markus i närheten av Jonas, dock utan att lyckas, vilket oroade honom en del. Han hade hoppats kunna knäppa båda två i en eldskur, men gick inte det fick han väl ta en i taget. Tyvärr var det en grov trädstam som skyddade Jonas kropp för tillfället, men rörde han sig bara lite åt sidan skulle det inte vara några problem alls för Anton att döda honom.

Anton höll fingret på avtryckaren och gjorde sig beredd att avlossa en eldskur så fort Jonas förflyttade sig lite.

Markus blev lite förvånad när han kört in en bit på traktorvägen som han hittat till slut. Efter cirka hundra meter stod en svart Toyota parkerad med fronten ut mot den riktiga vägen. Markus visste att älgjakten precis hade börjat, så han antog först att det var en jägare som parkerat sin bil där. Snabbt tog han på sig västen och tog med automatkarbinen och började rusa mot höjden en bit framför sig.

När han passerade Toyotan, såg han i ögonvrån att det var en hyrbil på grund av ett märke på bilens bakruta. Markus fick onda aningar och sprang så fort han kunde. Tyvärr visste han att han var en halv minut försenad.

Kapitel 19

Alice var visserligen trött efter ett bryskt uppvaknande, men ville trots det inte försöka somna om. Direkt när Jonas hade begett sig till gymmet så hade hon gått och duschat. Hon tänkte ringa Marie när hon torkat sig och be henne komma över till henne under förmiddagen. Alice hade Maries kidnappning i färskt minne och ville inte oroa Marie i onödan, men tyckte därför att det vore bäst om de var tillsammans. Sedan kunde de gemensamt gå till sina arbeten som de började vid lunchtid, och förhoppningsvis visste Jonas redan då vem som skickat breven med deras underkläder i.

Marie svarade efter några signaler och tyckte att det var en bra idè. För säkerhets skull tänkte hon till och med ta en taxi fast det inte var mer än knappt en kilometer mellan deras lägenheter. Hon hade tänkt samma sak som Alice, att det hela kanske var en vilseledande manöver av gärningsmannen. När hon tillfångatogs hade hon varit på väg till sitt arbete, och det var en upplevelse som hon aldrig skulle klara av en gång till, det visste hon säkert. Ännu hade ju inte hennes kidnappare gripits, och det här med att de skulle bege sig ut till ett torp verkade misstänkt. Antagligen begrep personen som skrivit brevet att Markus och Jonas skulle bli vansinniga och åka dit själva för att hämnas.

När Marie ringde på dörren dröjde det ett tag, för Alice ville försäkra sig om att det inte var någon annan där. Direkt när Marie kommit innanför dörren, kände hon en ljuvlig doft av nybakat.

-Är du redan igång och bakar, det luktar jättegott, vad ska det bli för något? undrade Marie.

-Äsch, det är inget märkvärdigt. Jag slängde bara ihop en rulltårta med hallonsylt i, som vi kan ta lite vispad grädde på sedan till kaffet.

-Det låter alla tiders, när är den färdig? frågade Marie skrattande som blivit så sugen att hon hade svårt att vänta.

-Om en kvart ungefär, klarar du dig så länge? eller vill du att jag ska värma på lite blodpudding i mikron som blev över igår kanske? den borde vara varm på tre minuter, sade Alice retfullt.

-Fy tusan för blodpudding, det hatar jag! Min mage skjuter ut den på nolltid och det tror jag inte att du vill! Förresten ska man väl inte värma upp den igen, har jag bestämt för mig. Nu går jag och laddar din kaffebrygg så får du se till att duka, sade Marie och gick med bestämda steg ut i köket.

En stund senare ångrade de sig att de vräkt i sig så mycket onyttigt. Men det hade varit så gott att de inte kunnat sluta äta förrän allt var slut. Marie hade bryggt på åtta koppar kaffe, och det hade visat sig vara precis lagom.

De flyttade in från köket till TV-rummet och satte sig lite bekvämare i varsin fåtölj.

-Här sitter vi och njuter i fulla drag medan våra gubbar är ute och jagar en idiot. Hoppas för allt i världen att inget händer med dem. man vet ju vid det här laget att det finns fullt med knäppskallar, sade Alice allvarligt efter en stunds tystnad.

-Du har fullständigt rätt. Allt som verkade otänkbart för kanske bara tjugo år sedan, händer ju dagligen numer. Jag vet att både Jonas och Markus kan vara rätt våghalsiga vid sådana här uppdrag, så jag är egentligen fruktansvärt orolig, sade Marie.

-Jag tror att jag förstår hur du menar. Ta bara som när jag själv växte upp i ett litet samhälle, då låste folk knappt sina hus när de skulle åka på semester i flera veckor ens. Det fanns ju ingen anledning till det, för ingen obehörig gick in ändå. Min mormor som bor kvar på samma gata, blev härom veckan nerslagen och rånad när två personer kom för att byta ut hennes rullator som de sa att det var ett fabrikationsfel på. En bruten lårbenshals och två brutna revben blev resultatet av deras besök. Plus hennes vigselring, en guldkedja och ett par tusen i kontanter som hon haft i sin handväska, sade Alice med en allt ilsknare ton mot slutet.

-Tänk när man har så lite värdighet, att man kan ge sig på gamla på det viset. Då har man som människa verkligen sjunkit lågt, sade Marie.

Det är ju egentligen inte alls konstigt att folk tröttnar ibland och försöker komma till rätta med problemen mer handgripligt. Våra politiker tycks tro gott om alla och att det går att prata varenda brottsling till rätta. Man kan undra vart det här samhället är på väg, jag menar hur ska det sluta? undrade Alice och tittade frågande på Marie.

-Jag vet inte. Först och främst får vi hoppas att det går bra för Jonas och Markus idag, så att inget händer. Jag vågar knappt säga det, men jag känner på mig att det inte blir som de planerat ute vid torpet. Ursäkta om jag säger det rent ut till dig, men du är ju psykolog och du har talat om för mig att prata rakt ut om det jag bär inom mig, sade Marie.

-Det har jag visserligen sagt, men nu gör du mig ännu mer orolig. Jag hade tänkt att vänta lite med att berätta det för någon, men nu känner jag att jag måste förklara mig, varför jag reagerar som jag gör. Jonas och jag väntar barn om ungefär ett halvår, sade Alice samtidigt som tårarna rann ner på hennes kinder.

Så det får absolut inte hända Jonas något otäckt idag! och inte framöver heller, för den delen, tillade Alice.

-Förlåt mig, någonstans inom mig kände jag att det var fel att säga det jag gjorde. Jag begriper inte att jag sade det ändå, det var dumt av mig, sade Marie som också hade börjat gråta nu.

-Du kunde ju inte veta det. Vi får försöka tänka positivt istället och hoppas att det löser sig. Det är ju deras jobb att sköta sådant här, så det är klart att det går bra för dem, sade Alice hoppfullt.

-Som vanligt har du rätt och vet bäst, tur att jag har dig som vän, sade Marie med så trovärdig röst hon bara kunde. Hon menade egentligen precis vad hon sagt, men det var en sak som innerst inne oroade henne. Hon kom sällan ihåg särskilt väl vad som hänt i drömmar hon haft, men den senaste kom hon ihåg tydligt.

I den slutade det riktigt illa, men de tankarna behöll hon för sig själv.

Det var ju trots allt bara en dröm som slutade olyckligt, och inget annat. Bara en förbaskad dröm som hon nu försökte förtränga.

Jonas tittade på sin klocka och såg att det bara var tjugo sekunder kvar tills han skulle rusa fram till torpet och ta sig in. En tanke slog honom, att han kanske skulle vänta ett tag extra, för han visste ju inte säkert om Markus hunnit fram till sin position på höjden. Det gjorde ju egentligen inget om han drog över ett par minuter för säkerhets skull, inget kunde ju bli sämre för det, tänkte Jonas.

Men ju mer han funderade på situationen så tyckte han att hans resonemang var orealistiskt. Markus som var hans bästa vän och arbetskamrat hade aldrig någonsin svikit honom genom att inte hålla sitt ord. Han visste inte om det berodde på att han själv var något yngre än Markus. Kanske såg Markus honom nästan som en lillebror som han var beredd att beskydda till varje pris. Möjligtvis var det orsaken till att Markus ville ta sig fram till torpet istället för honom själv. Givetvis var Markus beredd att skjuta galningen ifrån höjden där han befann sig, om det behövdes. tänkte Jonas innan han tog sitt livs sista beslut.

När han sprang fram från sitt gömställe i skogskanten kände han plötsligt en smärtsam stöt i hjärttrakten. Att det var första kulan som träffat den skottsäkra västen han bar, hann han aldrig uppfatta.

Anton kände sig plötsligt grymt spänd inför uppgiften han hade framför sig, så pass att han inte kunde tänka klart. För bara en liten stund sedan hade han tyckt att han haft läget under kontroll, men nu for paniktankarna inne i hjärnan på honom. Han visste så väl att han var tvungen att hålla andan när han pressade avtryckaren bakåt för att kunna träffa sitt mål, men hans kropp lydde inte. För att inte drabbas av syrebrist kände han att han var tvungen att andas lika häftigt som när han gick uppför trapporna till sin lägenhet. Efter att första kulan gått iväg, hade smärtan i axeln kommit, den som han avskydde att utsättas för igen. Han påmindes om varför han fått ett stort blåmärke just där tidigare, men lik förbannat gjorde han samma misstag igen. Hur han kunde glömma att han skulle hålla gevärskolven hårt mot sin axel för att undvika den förödande rekylkraften, var en sak som han inte hade en aning om. På köpet märkte han att vapnet betedde sig på samma sätt som när han provskjutit det första gången. På grund av att vapnet inte fick något bra stöd mot hans axel när det avlossades, så stegrade det lite och därmed träffade resterande kulor högre än den första.

I kikarsiktet såg han första kulan ta i bröstet på Jonas, vilket fick offrets kropp att skaka till och stanna upp lite på sin väg framåt. De efterföljande träffarna tog i halsen, höger öga och pannan, med följd att Jonas ansikte förändrades till oigenkänlighet. Blodet sprutade ur hela skallen och köttslamsor for åt alla håll.

Allt såg så äckligt ut och han kände att han ville kräkas. När han kände det reflexmässiga hulkandet ta fart kom han på att han ju inte behövde titta på eländet. Det gällde ju för tusan, att så fort som möjligt få med sina grejer och ta sig ifrån platsen, och inget annat. Fumligt lade han vapnet i bagen och började rulla ihop liggunderlaget. Anton retade sig på att det gick så långsamt att göra det, men kunde inte påskynda sina rörelser. Hela hans kropp skakade och som om inte det vore nog, så tårades hans ögon av någon anledning också.

När han till slut fått med sig även tomhylsorna i sin bag, reste han sig försiktgt.

Precis när han skulle vända sig om och springa ner till sin hyrbil, hördes det svaga ljud bakom honom, som trots att de knappt hördes, var omisskänliga.

Det lät precis som när en gående människas kängor bryter av stora ormbunkar och långt fuktigt gräs böjs åt sidorna.

Anton stelnade till av skräck och blundade i ett desperat försök att göra sig osynlig.

En töntig ringsignal ljöd, och Annie Stolpe tog vant fram sin mobiltelefon och svarade.Det verkade vara ett viktigt samtal, för pannan på henne rynkades lite och hon såg besvärad ut.

Scott passade på att låta sin blick vandra över hennes kropp och blev väldigt attraherad av henne.

Plötsligt reste hon på sig och sade att hon måste gå.

-Det har nog aldrig hänt tidigare, men tro det eller ej, jag har lyckats boka in två besök samtidigt! Förbannat också, det här kommer de att reta mig för på kontoret. Jag hör av mig, sade hon och gav Scott ett leende medan hon gick ut ur rummet.

Så snart dörren hade stängts slogs Scott av en tanke som fick det att fullkomligt explodera inne i huvudet på honom.

-Vad i helvete håller jag på med? skrek han högt utan att någon hörde det genom de ljudisolerade väggarna. Här är jag gift med den underbaraste kvinna som jag någonsin träffat, och så sitter jag och tänder på en annan kvinna, det är ju inte riktigt klokt! tänkte Scott förtvivlat. Snart ska jag dessutom bli pappa tillsammans med Louise, så vad är det som händer? undrade Scott i sin ensamhet.

När dörren öppnades och en väktare kom för att ta med honom till hans cell, bestämde sig Scott för att göra allt för att få komma tillbaka till sin fru igen. Om hon inte ville ha honom längre, tänkte han ta livet av sig, för det kändes inte värt att leva ett liv i ensamhet. Eftersom han beslutat sig för att det var Louise och ingen annan som gällde, så fanns bara de här två alternativen, tänkte Scott och undrade om han kunde få ringa sin fru och prata med henne.

-Jag ska undersöka vad det står i anteckningarna om det, sade väktaren medan han låste celldörren efter Scott.

När en halvtimme hade gått och väktaren inte kommit och sagt något, slöt Scott sina ögon där han låg på sin bädd. Ganska snart somnade han med tårarna rinnande från sina ögon, för allt kändes så förtvivlat hopplöst.

När Markus nästan var uppe på höjden, hörde han en eldskur från ett auotmatvapen avfyras. Det hade varit ett ganska dovt ljud så det måste ha tystats lite av en ljuddämpare, hann han att tänka. Reflexmässigt kände han efter om han själv var träffad, men så var inte fallet, vilket snabbt gjorde honom förtvivlat orolig. På grund av att han inte kunde se var skytten befann sig än, så visste han inte på vad skytten hade siktat. Att han inte själv var träffad kunde bara betyda två saker. Antingen var det en otroligt dålig skytt som inte lyckats träffa honom, eller så hade skotten avlossats mot Jonas! För att få svar på frågorna som staplades upp i hans hjärna, rusade han ännu snabbare mot toppen med sin MP 5:a osäkrad.

Trots att avståndet var cirka hundra meter ner till det blåmålade torpet, såg Markus genast vad som inträffat. Mot det torra beigefärgade gräset avtecknades utan tvekan hans bästa vän Jonas, liggande i en onaturlig ställning. Solen kom fram helt mellan ett par moln och tydliggjorde det hela fullständigt. Jonas sönderskjutna huvud hade stänkt blod åt alla håll vilket syntes förskräckligt väl mot den ljusa bakgrunden.

Plötsligt, bara några meter framför honom, reste sig en man som legat väl kamouflerad från marken. I sin hand såg Markus att han hade en bag där ett skjutvapen stack ut, och han förstod genast vad som inträffat.

Kapitel 20

Hela magasinet tömdes på bara några sekunder när Markus höll in avtryckaren. Precis som när han brukade spola av bilen när han tvättade den, hade han fördelat träffarna över hela ytan. Den jäveln han såg framför sig var på något sätt det smutsigaste han skådat, och måste till varje pris förgöras och spolas bort från sitt liv på jordytan.

Ett obehagligt tjut i öronen som han fått för att han inte burit hörselskydd, blandades med skogsduvornas oroliga läten. Markus reagerade på att det var någonting som inte stämde, och kunde inte riktigt förkasta tankarna som kommit. Här hade han nyss hittat sin bäste vän Jonas brutalt ihjälskjuten och sedan massakrerat gärningsmannen själv. Trots detta ohyggliga så sken solen underbart från himmelen och allt förutom det som just hade hänt, kändes helt underbart. Det var en sådan kontrast som inte på något sätt gick ihop, tänkte Markus och gick ner till knästående för han kände att han höll på att bli yr.

Nästan direkt när gärningsmannen som Markus skjutit ihjäl föll till backen, samlades flugor vid den totalt förstörda kroppen.

Ett tag var han helt inställd på att gå ner till Jonas för att ta någon form av farväl till honom, men avstod. Han hade sett tillräckligt av honom från platsen han befann sig och trodde bara att det skulle kännas mycket värre om han såg det på nära håll. Han visste dock redan, att

195

även om han försökte minnas Jonas från tiden då han levde, så skulle den här bilden komma upp inne i hans hjärna. Bilden av hans kropp som låg så onormalt och värst av allt, huvudet som var fullständigt demolerat. Det gick några minuter till innan Markus samlade sina tankar så pass att han kunde tänka på vad han skulle göra härnäst.

På något sätt gällde det att få det att se ut som om han själv handlat i nödvärn.

Han lade ifrån sig sitt skjutvapen på marken och plockade fram ett par handskar han alltid hade med sig i ena benfickan. Försiktgt gick han fram och öppnade bagen som gärningsmannen burit på i ena handen. I den fanns mycket riktigt som han tyckt sig se från början, ett automatvapen. Med ammunitionen han funnit, laddade han skyttens vapen och drog iväg ett par salvor åt det håll han själv kommit nyss. Några av skotten hörde han träffade någon av de parkerade bilarna som de kommit i, vilket ju egentligen bara var en fördel. Nu skulle väl inte några lata tekniker kunna säga att de inte funnit några kulor avlossade mot honom själv från gärningsmannen. Såg de inte kulhålen i fordonen kunde de ju be att få ett omskolningsbidrag hos arbetsförmedlingen, tänkte Markus medan han placerade automatvapnet i händerna på den han skjutit. Nästa problem han hade var att förklara varför han varit tvungen att tömma ett helt magasin när han försvarade sig. Han visste också att de nitiska internutredarna skulle undra varför i hela fridens namn han inte nöjt sig med att skjuta honom i benen.

När han stod där och försökte komma på en godtagbar

förklaring, så såg han till sin glädje att den fanns precis framför honom.

Utan att vara direkt medveten om det själv, hade han behållt handskarna på och stod nu och knäppte sina händer så att det knakade i skinnet på dem.

Givetvis kunde han skylla på att han haft de fodrade handskarna på sig när han avlossat sin MP 5:a. Varbygeln var precis så dimensionerad att det var en högst trovärdig förklaring, märkte Markus när han pressade in sitt pekfinger med handskarna på. Vid försöken att avbryta eldgivningen hade vapnet rört sig så pass att träffarna spridits så olyckligt, kunde han ju säga.

Det sista stora dilemmat skulle dock bli varför i hela fridens namn Jonas och han hade befunnit sig ute i skogen när de varit kommenderade att patrullera i innerstan.

Efter lite funderande insåg Markus att han inte hade någon riktigt schysst förklaring till det. Det enda han kom på var att säga att Jonas tvingat med honom på en uppgörelse, som han själv var helt omedveten om vad den rörde sig om. Att det inte kändes rätt gentemot Jonas fick han bli tvungen att tränga bort. Han visste att det var åklagarens sak att bevisa motsatsen och det skulle han aldrig kunna göra, för Jonas det enda vittnet, var ju stendött.

Att Alice skulle hata honom för resten av livet tog han för givet, men det var inget som för tillfället bekymrade honom det minsta.

Markus gick kallblodigt igenom allt han skulle säga till larmcentralen innan han ringde. En halvtimme senare var ambulanser och polisutredare på plats. Sakligt svarade han på alla frågor som han erfarenhetsmässigt vetat skulle komma, men till slut bad han om att få vara ifred en stund. Hans bäste vän Jonas hade ju nyligen blivit brutalt mördad av en vettvilling.

-Du kan ringa din fru nu, hörde Scott en röst säga genom luckan i dörren.
-Jaha, tack. Ska jag följa med? undrade Scott yrvaket.
-Ja, du får ringa från ett rum och jag är med och lyssnar, det var villkoret sade åklagaren. Du förstår att du inte får säga något som kan försvåra utredningen, eller hur? i så fall måste jag avbryta, sade väktaren.
-Det är klart. Jag känner bara att jag måste få prata med min fru om en viktig sak, sade Scott och reste sig.
När det gått fyra signaler svarade Louise, men när hon hörde vem det var kopplade hon bort samtalet. Efter ytterligare två uppringningsförsök med samma resultat, sade väktaren att det var dags att gå tillbaka till cellen. Förkrossad satte sig Scott med ansiktet i sina händer när dörren var låst igen.
Han visste inte om han sett Louise för sista gången, det verkade så just nu i alla fall. På samma gång kunde han förstå hennes resonemang. Hade han själv upptäckt henne med någon annan skulle han med all säkerhet gjort likadant. Men visade det sig att allt bara varit ett missförstånd, trodde han att han skulle förlåtit henne med en gång. Som det kändes för honom nu så hade han gärna lyssnat på en bra förklaring från Louise och sedan gått vidare i livet. Men innerst inne visste han inte om han hade tänkt så, om han inte suttit där han satt nu.

Kanske kunde han inte alls tänka objektivt för tillfället, utan såg bara till sitt eget bästa.

Förtvivlad försökte han få ro och sova lite, men det gick inte. Grubblandet på det till synes olösliga problemet gjorde att han hela tiden kom tillbaka till samma slutsats. Fick han inte möjlighet att leva med Louise i framtiden kunde han lika gärna ge upp.

Dagen därpå återkom advokaten och undrade om Scott funderat färdigt på alternativet som föreslagits. Det gick ut på att han fick fem månaders fängelse med möjlighet att komm ut drygt en månad tidigare om han skötte sig på anstalten.

-Jag litar på dig, det är ju som du sagt ganska grova anklagelser jag har emot mig, så det går nog inte komma lindrigare undan.

-Det är nog ett klokt beslut. Då meddelar jag åklagaren att vi går på den linjen. Du vet förstås att tiden du sutttit som häktad räknas av från den totala strafftiden, det är ju alltid åt rätt håll, sade Annie.

-Jo, jag vet att det är så. Undrar bara vad min arbetsgivare säger om min tillsvidareanställning jag fick i somras. Det är väl stor risk att den ryker nu, sade Scott dystert och tittade ner i golvet.

-Du får väl be att få prata med honom och förklara situationen. Löser det sig är det ju toppen, annars får du väl söka något annat, sade Annie och försökte låta hoppfull.

-Tror tyvärr inte att det är så lätt för en outbildad kåkfarare att hitta ett nytt jobb precis, sade Scott.

-Säg inte det. Du har ju busskort och branchen ropar ju efter chaufförer, så på något sätt löser det sig ska du se, fortsatte advokaten samtidigt som hon började plocka ihop sina grejer.

Scott svarade inte, men hade ändå fått en liten strimma hopp tänt. Hon hade ju rätt, om han fick sparken från bussvårdsanläggningen borde han ju trots allt kunna skaffa ett chaufförsjobb. Visst skulle det bli lite obekväma arbetstider, men han skulle ju i vart fall slippa gå arbetslös. Den lilla gnistan han fått räckte för att han skulle lova sig själv att kolla med sin förman på sitt jobb hur det såg ut framöver, om han fick komma tillbaka och jobba efter frigivningen. När han ändå var i farten bestämde han sig också för att varje dag framöver göra minst ett försök att få Louise att lyssna på honom. Han tänkte göra allt för att få komma tillbaka till henne.

Mohammed anordnade en familjefest till helgen för att fira att han var skuldfri sin bror Rafael. Det hade gått betydligt snabbare att betala av det han var skyldig än han räknat med från början. Han berättade stolt om sina planer, att han inom kort skulle flytta till Umeå med sin familj och starta ett företag i the-branschen.

Plötsligt tog dock feststäminigen slut när Assar började prata.

-Ali och jag flyttar till Oslo istället, vi har fått pappren klara idag. Vi har fixat nya identiteter och kommer i fortsättningen inte ha samma namn som tidigare. Vi vill börja ett nytt och hederligt liv där, för i Sverige är det större risk att vi spåras för det vi varit inblandade i. Vi tänker haka på flyktingvågen och söka asyl i Norge. Lyckligtvis har Ali en bekant på deras migrationsverk som har lovat att se till att vi får ansökan beviljad.

-Och vad har ni tänkt att försörja er med där då? frågade Mohammed hånfullt.

-Det vet vi inte riktigt ännu. Vi är beredda att ta vad som helst, bara vi kan få leva ett rofyllt och stillsamt liv. Både Ali och jag hoppas att vi snart träffar någon som vi kan skaffa familj med.

-Haha! lycka till! fortsatte Mohammed och förväntade sig att de flesta skulle skratta med honom och göra sönerna till åtlöje.

Men det förblev tyst runt det stora bordet.

Både Ali och Assar kände att de därmed fått ett erkännande av alla övriga släktingar, om att deras planer var helt rätt.

Tidigare än någonsin avbröts festen och deltagarna gick hem till sig.

Kvar vid bordet satt Mohammed själv, inne på sin fjärde gin tonic för kvällen.

Markus erbjöd sig att själv meddela Jonas fästmö Alice om det ytterst tragiska dödsfallet. Han trodde att det bara skulle bli värre om han lät någon annan berätta det. Det var bättre att, med vissa justeringar tala om hur det gått till själv. Han var ju den enda som varit med om händelsen, så ingen kunde ju egentligen påstå att något hade gått annorlunda till.

Först var han bara tvungen att åka in till stationen en sväng och skriva en rapport om hur det hade gått till. Hans chef hade sagt att han kunde vänta till nästa dag, för det var ju verkligen en traumatisk upplevelse han varit med om. Markus sade dock att han helst gjorde det med en gång så att det var ur världen. Visst var det oerhört tragiskt att han mist sin bäste vän, men av någon outgrundlig anledning kände han att han kunde ta händelsen med fattning. Kanske berodde det på att han bestämt sig från början för att inte gå ner till Jonas och titta på honom på nära håll. Han hade ju funnit det totalt meningslöst för han var ju redan död. Innerst inne trodde han att chocken hade varit betydligt värre om han tittat närmare på Jonas skador. Att den helt skulle utebli var inte troligt, men kanske hann han hem och ta ett par rejäla glas whiskey eller något, innan den slog till.

När han ändå var inne på polisstationen och hafsade ihop en skrivelse lite snabbt. slog det honom plötsligt att det hade varit något bekant med nyllet på personen som han nyss skjutit ihjäl.

När han ringde till avdelningen som börjat utreda fallet, fick han namn och personnummer på offret. Redan när han fick höra att hans efternamn var Svensson började han ana oråd. Efter några klick på datorn framkom det att hans oro var befogad. Den person han tömt ett magasin i under förmiddagen, var bror till aset som han och Jonas slagit ihjäl i ett parkeringsgarage nyligen.

Till sin lättnad fick han fram att det bara fanns en syster till bröderna kvar i livet i familjen. Dessutom var hon bara tjugotvå år.

Om Anders och Anton haft en bror till kunde man ju blivit lite orolig, men är det bara ett fruntimmer är det nog helt lugnt, tänkte Markus vidare. Ändå beslöt han sig för att söka rätt på Antonia Svensson som hon hette, på facebook. Bilderna som hon lagt ut på sig själv var inget som Markus gick igång på direkt. Hon hade grova drag och var inte ett dugg feminin. När han skrollat ner en bit fick han se en sak som fick hans leende att stelna till, innan det förbyttes till en orolig uppsyn. Antonia hade nyligen varit med i TV:s Gladiatorerna, gått till final och vunnit. Markus förstod genast att allt inte var över, utan förmodligen var det fullt realistiskt att anta, att hon övervägde att så småningom hämnas sina bröder.

Efter att ha varit på kontoret ett par timmar, beslöt Markus sig för att gå hem och berätta för Alice att Jonas var död. På vägen passerade han gymmet och plockade med ett par flaskor starksprit som han hade i sitt skåp. Han visste att det var läge för en blöt kväll, chocken över att hans kamrat mördats kunde mycket väl komma när han gett Alice dödsbudet.

När han ringde på öppnade hans fästmö Marie, vilket först förvånade honom lite, men han sade inget om det.

Alice var förtvivlad och grät hela tiden när Markus pratade, men iakttog honom ändå noga hela tiden.

Till slut frågade hon om något som inte Markus alls var beredd på.

-De nämnde nyss på nyheterna att den ni sköt haft en bror som bragts om livet i ett parkeringsgarage för en månad sedan. Om jag inte missminner mig så var det ni som så att säga hittade honom. Vem var det egentligen som misshandlade honom till döds, var det ni? frågade Alice.

-Klart att det inte var vi, Jonas och jag hittade honom när vi hade käkat lunch, sade Markus och försökte se oskyldig ut.

-Både du och jag vet att ni skulle träffa den som skickat brev till oss vid något blått torp. Men hur kommer det sig att det var min Jonas som dödades och inte du? Vad hade ni för planer egentligen? nu berättar du sanningen för mig! Jonas kommer aldrig få träffa sitt barn, kan du förstå det? sade Alice samtidigt som hon bröt ihop fullständigt.

-Jag ska förklara så fort du har lugnat dig lite, sade Markus och tog ett par steg fram för att ge Alice en tröstande kram.

-Du rör mig inte! skrek Alice och viftade med sina armar. Jag blir inte lugnare än så här, så sätt igång och förklara dig!

-I och med att jag körde bilen ut till torpet, så föll det sig lämpligast för mig att släppa av Jonas en bit innan. Sedan åkte jag ett par kilometer så att jag hamnade på motsatt sida om stället, för att vi skulle kunna täcka varandra. Planen var på många sätt genialisk och hade alla förutsättningar att lyckas. Det som tyvärr gjorde att det sket sig, var att Jonas gick fram några minuter för tidigt. Han kanske såg fel på sin klocka eller tänkte fel, det får vi ju aldrig veta, sade Markus och försökte få fram ett ansiktsuttryck som visade medlidande.

-Nej, det får vi aldrig veta, för Jonas är död! Vi får passande nog inte heller veta om det var du som var sen till din position, fräste Alice medan tårarna rann ner över hennes kinder.

-Synd att du ska tro att det var så. Du glömmer kanske bort att jag också är ledsen. Jonas var min bästa vän! Ja, man kan utan att överdriva påstå att han var min enda vän! sade Markus och började gråta.

Det var så länge sedan som han gråtit, att han inte ens kom ihåg när det var.

-Jag ska ha en rejäl sup, är det någon mer som vill ha? undrade Markus medan han harklande gick till köket och plockade fram glas.

-Nej, svarade Marie och Alice samtidigt.

-Okej, då dricker jag själv, sade Markus och hällde upp renat i ett dricksglas ända tills det rann över.

-Ni kan sova över till i morgon så slipper jag vara ensam. Markus kan ligga i TV-soffan, sade Alice och gick och satte på kaffe.

-Det gör vi förstås, om det känns bättre, svarade Marie,medan hon plockade fram några kaffemuggar från diskstället.

Redan efter ett par klunkar kände Markus att han bara måste ha groggvirke till den trettioåtta procentiga spriten. Utan att fråga gick han och tittade i kylskåpet och fann genast vad han sökte. I dörren stod en två liters Fanta som pyste välbekant när han öppnade den. Under tystnad satt efter en stund alla vid köksbordet och tänkte på en av de hittills värsta dagarna de varit med om. När kaffet var urdrucket gick Marie och Alice och lade sig, medan Markus tog några stadiga groggar till. Trots att han började känna sig full, ville de fasansfulla tankarna inte försvinna ur hans hjärna.

Så fort han slöt sina ögon såg han Jonas ligga död med sönderskjutet huvud. Emellanåt kom en annan person fram, dock lite otydligt. När han koncentrerade sig så mycket han bara kunde, kände han igen personen.Det var Antonia Svensson som hånlog åt honom, precis som om hon tänkte, att hämnden är ljuv.

Markus kände kalla kårar längs sin ryggrad och rös.

Kapitel 21

Ebba fick gång på gång försöka tygla sitt humör när hon var på väg till sin tvillingbror. Hon hade fått veta att hans strafftid blev sex månader för stöld, olaga hot och narkotikainnehav.

Det enda som var hyggligt bra tänkte hon, var att de satt honom i närheten av hennes föräldrars hem, nämligen på Kriminalvårdens anstalt i Nyköping. Ebba hade aldrig tidigare varit där, men läst på nätet att där var cirka 270 anställda och att den höll säkerhetsklass 2 vilket var lika med att det var en sluten anstalt.

Det sista hon tänkte när hon klev av bussen som gått mot Arnö-hållet till en hållplats i närheten av där Oskar satt, var att hon var tvungen att behärska sig.

Visserligen visste hon att det skulle bli svårt, men innerst inne så förstod hon att om hon brusade upp den här gången, skulle det inte föra något gott med sig. Till sina föräldrar hade hon lovat detta, ändå hade hennes pappa Henrik pustat lite när hon skulle åka dit. Alltför väl mindes han alla gånger som tvillingarna hade bråkat med varandra och haft svårt för att komma överens. Ändå var det särskilt han som ansett att hon borde besöka Oskar, för tydligen ville Oskar inte vet av sina föräldrar alls. Förhoppningsvis gick det bättre med hans jämngamla syster.

Efter visitation och legitimationskontroll fick hon äntligen träffa Oskar. Ebba blev nästan chockad av att se honom, helt färglös och med grova drag i ansiktet.

Hennes första tanke var att han såg ut att gå på betydligt starkare droger än Tramadol. På sin skola hade hon sett personer som hon fått höra brukade metamfetamin, och de hade skrämmande lika anletsdrag.

-Tjena brorsan, äntligen får jag chans att träffa dig. Jag har verkligen saknat dig! mamma och pappa hälsar, har jag redan sagt det förresten? sade Ebba snabbt och osäkert med ett påmålat glatt leende.

-Hej Ebba. Du får väl hälsa tillbaka. Vad vill du egentligen? Det kan väl knappast vara kul att se sin bror som har misslyckats så förbannat, eller? undrade Oskar och tittade på sin syster.

Det är klart jag gärna hälsar på! vi har väl inte alltid hjälpt varandra precis, men det känns som om det är läge för det nu. Du ska veta att jag och våra föräldrar aldrig tänker stå och se på när du har det svårt. Jag lovar att vi kommer göra allt för att du ska komma tillbaka till ett, ja vad ska man säga, mer ordnat liv, sade Ebba som på en sekund hade blivit allvarlig.

-Det låter ju schysst, men livet är inte så lätt när man hamnat i skiten. Det kommer du aldrig fatta, trots att du är min tvillingsyrra, sade Oskar som innerst inne blivit rörd av att någon visade honom omtanke.

-Då får du vara så snäll att förklara för mig vad det är jag ska begripa, fortsatte Ebba samtidigt som hon till sin förvåning kände att hon hade fått ett grepp om sin bror som han inte utan vidare kunde ta sig ur.

-Har du verkligen tid att lyssna, för det här är nog inte gjort i en handvändning, hur länge får du besöka mig? frågade Oskar.

-Säger jag till vakterna att jag ska samtala med dig om något så viktigt som din framtid, så tror jag inte att de kommer att slänga ut mig härifrån, sade Ebba självsäkert.

Oskar hade aldrig varit med om att hans syster varit så bestämd mot honom och kände att han inte hade något annat val än att berätta hur allt hade börjat. Hur Ebba tänkte göra för att hjälpa honom visste han inte, men hon hade lovat att komma med konstruktiva förslag, bara han sade som det var.

En liten strimma hopp infann sig hos Oskar när han skulle få lätta sina tankar inför någon han verkligen litade på.

Han trodde att en bidragande orsak till varför hans föräldrar och syster ville hjälpa honom, var att de inte ville skämmas för honom. Men skit samma om det var så att det egentligen bara var för deras egen skull som de försökte att stötta honom.

Han kände att han knappt kunde andas när han satt inspärrad och ville ut till friheten igen. Kanske träffa en tjej och få ett arbete samt en trevlig liten bostad. Då skulle nog allt ordna sig, tänkte Oskar medan han satte sig lite bekvämare.

Ebba tittade hela tiden in i Oskars ögon och lyssnade intresserat. Hon avbröt honom inte med frågor, utan lyfte bara lite på sina ögonbryn när hon ville att han skulle förklara något lite mer.

Efter en lång stund när Oskar berättat det mesta, hade Ebba ett förslag som genast intresserade honom och kanske var ett litet steg i rätt riktning.

-När jag läste på mig om den här anstalten såg jag att

de hade en gedigen svetsutbildning. Jag vet att arbetsmarknaden skriker efter folk med den utbildningen, och jag kan skriva ett CV åt dig. Det skulle inte förvåna mig om du får arbete direkt när du kommer ut härifrån, sade Ebba med en hoppfull blick.

-Det är ju i vart fall värt ett försök. Jag har ju svetsat en del innan när jag byggt om mopeder, men det skulle vara kul att vara duktig på det, sade Oskar och lovade att ta upp det redan på måndag.

Scott tyckte att det var en aning ironiskt när han satte sig i kriminalvårdens vita minibuss med en röd bård. Det var ett exakt likadant fordon han suttit i när han gripits, förutom den röda bården då, förstås. Han satt själv i baksätet med handbojor, för transport till anstalten där han skulle avtjäna sitt sraff som var satt till fyra månader. Om han skötte sig, vilket han definitivt tänkte göra, så kunde han komma ut tidigast den femtonde februari. Färden som förmodligen skulle ta cirka en timme ägnade Scott åt att titta ut genom de mörkt tonade rutorna hela tiden, fast han var trött. På grund av att han visste att det skulle dröja länge innan han fick komma ut och se sig om lite, så ville han ta den här chansen istället för att sova bort den. Så många gånger hade han suttit inne förr, att han visste att bara en sådan här förflyttning kunde lätta upp lite, för stunden i varje fall.

När de kom fram bad Scott om att få ringa sin fru under kvällen, vilket inte skulle möta något hinder. Han hade ringt varenda dag de två senaste veckorna utan att få prata med Louise. Antingen hade hon inte svarat, eller så hade hon kopplat bort samtalet. Scott hoppades att han en dag skulle få chans att be om förlåtelse för vad han hade gjort, men hoppet om att han skulle få tillfälle att göra det, minskade lite allt eftersom tiden gick. Scott var dock fast besluten på den punkten, han skulle aldrig ge upp hoppet helt att få komma tilbaka till sitt livs största kärlek, Louise.

I rastgården följande dag fick Scott se ett bekant ansikte. Det var med lite blandade känslor som han bestämde sig för att gå fram och hälsa på honom. Visst var det kul att träffa någon som han kände, men på samma gång var det tråkigt att även hans brorson hamnat i fängelse. Dessutom var det ju ganska pinsamt att han själv som ändå fyllt trettiotre år, inte fattat än att man skulle sköta sig i samhället och därmed hålla sig utanför fängelsegrindarna.

-Hej Oskar, hur är läget? frågade Scott lite osäker på om han skulle känna igen honom.

-Nej men hej, är det du Scott? sade Oskar glatt.

Jag tänker försöka mig på svetsutbildningen här på anstalten, det kan väl du göra med så får vi snacka lite mer med varandra, fortsatte Oskar.

-Tja, varför inte. Det gäller väl att göra det bästa av tiden man sitter inne och sysselsätta sig med något meningsfullt. Jag hänger på, svarade Scott glad över att ha fått någon att prata med. Inom sig kände han att han nu också kanske kunde fullfölja sitt löfte som han gett sin bror Henrik. Han hade inte glömt att han lovat att försöka prata med Oskar, för att få honom att lämna sin brottsliga bana. En yrkesutbildning var säkert ett steg åt rätt håll, tänkte Scott och log.

Louise började på riktigt ställa in sig på en framtid som ensamstående förälder. Det var visserligen några månader kvar tills förlossnigen var beräknad, men i nuläget var det inget som tydde på att det skulle bli på något annat sätt.

På samma gång som hon kände sig kränkt och övergiven ibland, kunde hon oftast skaka av sig känslorna. Det var inte första gången i livet som hon känt sig sviken, och av erfarenhet visste hon att sådana här tillfällen gjorde henne starkare på något otroligt sätt. Louise visste alltför väl, att om hon sjönk långt ner med sina tankar åt det destruktiva hållet, så var det ingen annan än hon själv, som just nu kunde dra upp henne igen. Till för helt nyligen hade hon fått stöd av sin man, men där fanns inget stöd att hämta längre.

-Men dig får jag ju inte glömma, dig kan man ju alltid lita på! sade Louise högt till blodhunden Henrik.

Plötsligt såg hon att Henrik tuggade frenetiskt på något, så hon tittade lite närmare på vad det kunde vara.

Till sin förtvivlan såg hon att det var hennes nya skinnhandskar, som numera fungerade som hundtuggummi.

Henrik tjagglade vidare på handskarna som smakade getskinn, utan att Louise brydde sig.

De var redan totalförstörda så det var meningslöst att ta dem ifrån honom, tänkte Louise och lovade sig samtidigt att i fortsättningen förvara sina handskar uppe på hatthyllan.

Precis när Louise skulle gå och lägga sig, ringde hennes telefon. Hon anade vem det var, så hon svarade inte.

-Typiskt, jag fick ett mail nyss att vår resa till alperna blivit flyttad fyra dagar framåt. Jag tror det kan bli svårt för mig att byta semesterdagar med någon, sade Markus uppgivet.

-Det var ju inte bra alls, vi hade ju verkligen behövt komma iväg en vecka efter den här fruktansvärda sommaren och hösten. Får vi pengarna tillbaka som vi betalat in, eller hur går det med dem om vi måste avboka nu? frågade Marie.

-Det står här att vi får tillbaka dem inom fyra veckor. Jag måste sticka till jobbet nu, du kan väl se om du hittar något annat intressant innan du går till ditt arbete, sade Markus medan han knöt sina skor.

-Ja visst, det kan jag göra. Jag börjar jobba efter lunch idag, så jag sätter mig vid datorn med en gång och ser vad som finns.

-Bra! jag kommer hem efter fyra som vanligt, ses då älskling, sade Markus och kysste Marie.

-Visst, då får du pannkakor när du kommer hem. Jag arbetar bara två timmar om dagen den här veckan så det hinner jag. Nästa vecka är jag bara sjuskriven fermtio procent, hoppas jag orkar med det.

Hejdå snygging, sade Marie, innan Markus stängde dörren efter sig.

Nästan direkt kom det upp ett alternativ på datorn som Marie tyckte verkade intressant. Det var en bussresa till Åre där kost och logi ingick till ett rimligt pris. Det stod också, att för dem som inte ville åka slalom varenda dag, så anordnades det dagsutflykter till bland annat Gäddede, där man kunde vinterfiska i sjön Stor-Jorm. Hon visste att Markus gärna satt och pimplade mycket hellre än att stå och mingla i någon töntig liftkö, så det här borde ju vara idealliskt, tänkte Marie. Utan att rådfråga sin fästman beställde hon två av de tre sista platserna som fanns kvar. Bussen skulle avgå från Centralstationen klockan tjugotvå och trettio den tjugofemte november. Dagen efter på lördag morgon, skulle de anlända till hotellet nedanför Åreskutan. Sedan var det bäddat för en hel vecka i den uppfriskande fjälluften, tänkte Marie och njöt i fulla drag av bara tanken på resan hon beställt.

Det första Markus gjorde när han kom till polisstationen, var att göra lite fler efterforskningar om Antonia Svensson. Efter några minuter fick han fram att hon var bosatt i Vallentuna en liten bit norr om Stockholm. Han kunde utläsa att hon arbetade som dataprogrammerare på ett mindre företag samt att hon med stor sannolikhet var singel. Hon var i alla fall själv skriven på adressen, men om hon ändå hade ett förhållande med någon framkom inte av sökningarna. Just att hon hade den sortens arbete, oroade Markus en del. Han visste mycket väl genom sitt jobb, att de som jobbade med sådant här, ofta kunde få tillgång till vilka uppgifter som helst via nätet.

Hur han skulle kunna skydda Marie och sig själv från en eventuell vedergällning, hade han ingen aning om. Att åka ut till Vallentuna och likvidera henne kändes lite drastiskt. Och om inte jounalister då började riva i sambandet att tre syskon mördats inom loppet av några månader, så vore det ju konstigt. Tills vidare tänkte Markus vara så försiktig som han bara kunde. På vägen hem köpte han ett par kontantkort till Maries och hans

213

mobiltelefoner för att kunna leva lite mindre öppet och inte lämna digitala spår efter sig hela tiden.

När Marie gick igenom sin beställning en sista gång för resan till Åre, såg hon att sista lediga platsen också hade bokats. Det finns visst en och annan som finner nöje i att resa ensamma, besynnerligt, tänkte Marie innan hon loggade ut.

Svetsutbildningen startade redan ett par dagar senare, vilket gladde både Oskar och Scott som antagits. Annan sysselsättning som fanns vid anstalten, var en del legoarbeten som gjordes till andra företag, men dessa var ju inte alls någon direkt språngbräda in på arbetsmarknaden när man en dag släpptes.
Scott märkte genast att Oskar var en trevlig kille som hade rätt ljusa förhoppningar om framtiden.
Det enda som oroade Scott lite, var att han märkt att Oskar var ganska lättpåverkad av vad andra tyckte.
I fel sällskap fanns säkert stor risk för att han föll för grupptrycket och handlade precis så som gruppen förväntade sig att han skulle göra.
Scott försökte göra anstaltstiden så dräglig som möjligt genom att sätta upp fasta rutiner som på sikt ledde fram till mål han ville nå. Det rörde sig inte minst om sin hälsa, där han lovat sig själv att komma ut som en starkare och mer vältränad person. På grund av den luxuösa kosten som erhölls ,så var det mer eller mindre ett krav om man inte skulle skena i väg i vikt totalt.
Genom träningen och vänskapen med Oskar orkade han även hålla sitt löfte till sig själv, att varje dag försöka

komma i kontakt med sin fru. Oskar hade föreslagit att han skulle skicka brev till Louise, och tillsammans hjälptes de åt med trovärdiga formuleringar för att få henne på andra tankar än hon haft den senaste tiden. De lyckades få iväg ett varje vecka, och hoppades att det skulle ha någon verkan, men än så länge var det resultatlöst.

Kapitel 22

Det fanns inte en enda ledig plats kvar på bussen när chauffören stängde dörrarna och började rulla mot Åre. Markus var riktigt trött och hoppades att han skulle kunna sova under färden, men hans hjärna vill inte koppla av. Hela tiden kom tankarna upp från den ledsamma begravningen av Jonas nyligen. Markus hade visserligen inte fått några påföljder för sitt agerande, men allt kändes skit ändå. Innerst inne visste han mycket väl att det var han som inte varit på plats i tid när de skulle möta Anton Svensson. Hade han varit det så hade Jonas levt idag, och allt hade varit annorlunda.

-Det kommer att vara soligt första två dagarna däruppe, sedan ser det ut att bli ostadigare med blåst och snöfall. Det står också att isen på sjön Stor-Jorm är fem centimeter tjock. Är det tillräckligt för att ge sig ut på? undrade Marie.

-Det fungerar perfekt, och om nu isen brister ändå, så är det ju bara att ta sig upp med isdubbarna, svarade Markus skrattande.

-Ja, jag vet att du gillar äventyr, och det kan du väl få göra, bara det inte blir farligt, sade Marie innan hon lutade sitt huvud mot Markus för att sova en stund.

-Det är lugnt, jag känner efter med ispiken hela tiden så att det är säkert. Var rädd om dig själv så du inte blir överkörd i skidbacken av någon idiot, svarade Markus medan han slöt sina ögon för att åtminstone försöka vila lite.

De första två dagarna var Markus med Marie i slalombacken, men sedan ville han fiska istället. Det skulle gå en buss upp till Stor-Jorm på måndag morgon med de nitton personerna som anmält sig till utfärden. Det betonades dock att det var på egen risk som man begav sig ut på isen, för den var på sina ställen ganska svag. De senaste två dygnens kalla nätter borde dock ha bättrat på tjockleken, vilket var lite lugnande.

När de kommit fram och tilldelats varsin kälke med fiskeutrustning, fick de ett telefonnummer att ringa om de ville åka tillbaka med samma buss fyra timmar senare.

För de som ville stanna längre fanns det en landsortsbuss som avgick från Gäddede till Åre klockan nitton och tio.

På kälken fanns en liten stol att sitta på när man pimplade, och till sin förtjusning upptäckte Markus att de fyllt en termos med hett vatten. Till detta fanns både the-påsar och pulverkaffe i portionspåsar. Några rejäla smörgåsar kompletterade det hela och Markus kände redan hur det vattnades i munnen på honom.

Markus som var en av de mest vältränade av dem alla gick långt ut innan han borrade det första hålet. När han vände sig om och tittade in mot land, såg han att alla utom en hade börjat fiska bara ett hundratal meter från stranden.

Första timmarna var det dåligt med fiskelyckan, och han såg bara någon enda fisk som drogs upp av de övriga. Markus förstod att de flesta nog skulle tröttna på det hela och ta första bussen tillbaka till Åre. Själv tvekade han lite, för hade man nu väl kommit hit och var så ordentligt påklädd, så kunde man ju lika gärna stanna tills det blev kväll.

Plötsligt nappade det i flera hål samtidigt, och Markus hade fullt upp att dra upp fiskarna och lägga dem i en hink. Han hade aldrig varit med om något liknande och glömde helt bort att se efter vad klockan var.

När han tittade mot stranden förstod han att bussen redan avgått, för alla utom en fiskare hade avvikit.

Utan förvarning började det blåsa kraftigt från nordost, och bara en liten stund senare vräkte snön ner. Att se land längre var omöjligt, men Markus lugnade sig med att han hade kompass i sin telefon.

Han tyckte sig skymta den andra fiskaren mellan vindbyarna, och beslöt sig för att gå dit så fort han plockat med sig sin utrustning.

När det var gjort kunde han till sin förvåning inte se den andre längre. Med sin ispik förstod han att isen var i svagaste laget att gå på, för den gick igenom varje gång han stötte i den.

Oskar hade fått kontakt med sin tidigare flickvän på messenger och så fort det gavs tillfälle, skrev de till varandra. Att det tagit slut för drygt ett år sedan berodde mestadels på att han hade börjat röka hasch, vilket hon inte gått med på.

På en solsemester hon gjort med sina kompisar hade hon sedan träffat en ny kille och varit tillsammans med honom tills helt nyligen. Av någon anledning hade de delat på sig. Om Oskar höll sig borta från alla droger, så var hon beredd att försöka igen med honom.

Markus kände tydligt att den tunna isen rörde sig när han gick på den. När den byiga vinden stundtals avtog lite, hörde han även att det sjöng oroväckande i isen av påfrestningarna som den utsattes för.

Han hade efter ett par minuters sökande efter den andre fiskaren gett upp hoppet om att finna denne, och tittade nu med jämna mellanrum istället ner på sin mobiltelefon för att se så att han följde kompassriktnigen rakt söderut.

En tanke slog honom att han kanske borde ringa till Marie för att säga att han inte var med första bussen tillbaka till Åre, men det kunde han avfärda direkt. I hörnet på skärmen såg han att det för tillfället saknades täckning i hans mobilnät vilket gjorde honom grymt besviken.

-Och det här betalar man flera hundra kronor i månaden för, vrålade Markus högt för sig själv.

När han tittade upp från sin mobiltelefon möttes han av en syn som för honom var helt oväntad och skrämmande.

Bara ett fåtal meter ifrån honom närmade sig en person med sin ispik riktad som ett spjut rakt emot honom! Reflexmässigt ryckte han upp sin egen ispik mot angriparen, för någon tid att fly eller hoppa åt sidan fanns inte.

Eftersom både Markus och angriparen var högerhänta, så höll de sina ispikar likadant, och fick därmed en helt oskyddad men vital punkt som spetsarna inom kort skulle träffa.

När Markus insåg vad som höll på att hända, var det redan för sent. Sista iakttagelsen som nådde deras hjärnor innan spetsarna trängde in i deras hjärtan, var ljudet från isen när den brast.

Döden infann sig ögonblickligen och båda kropparna sjönk till botten, ihopsatta med varandra av ispikarna.

Efter afterski med ett knippe drinkar för mycket, hade Marie gått till deras hotellrum redan runt tio på kvällen. Visst undrade hon lite varför Markus inte kommit tillbaka ännu, men antog att han kanske satt på någon pub i närheten. När Marie kommit innanför dörren hade hon verkligen försökt ringa honom, men snabbt insett att hon var alldeles för full för det.

Taket bara snurrade där hon låg fullt påklädd på rygg och det kändes nästan som om hon skulle behöva kräkas.

-Tusan att jag inte lärt mig att sluta dricka i tid, sluddrade Marie fram för sig själv och kände sig så besviken.

Klockan var halvtio på förmiddagen när hon vaknade för att hon var så fruktansvärt kissnödig. Med en enorm huvudvärk gick hon vinglande till toaletten medan hon samtidigt försökte se om Markus låg på golvet någonstans.

Första tanken hon fick när hon inte hittade honom, var att han sovit över hos någon annan tjej. Förbannad gick hon och klädde på sig för att sedan äta frukost och kanske se om han redan satt i matsalen.

När Marie såg att han inte var där heller, ringde hon hans mobilnummer, men ingen svarade. 114 14 var nästa nummer hon slog, och efter femtiofyra minuter svarade det. Som det såg ut i nuläget fanns det ingen polispatrull som var i närheten, och det verkade som om de inte såg så allvarligt på händelsen. Men när de fick veta att Markus arbetade som polis, lät det som att det plötsligt blev mer angeläget att gå till botten med hans försvinnande.

Tre timmar senare hörde en patrull av sig till Marie och sade att de befann sig i Gäddede, där Markus klivit av bussen och setts senast.

-Vi får hoppas att han inte var kvar på Stor-Jorms is när vädret försämrades igår eftermiddag. I så fall tror jag att det kommer bli riktigt svårt att hitta er fästman, sade en polisman.

-Vadå, blev det så dåligt väder helt plötsligt där igår menar ni, så att det inte går att se honom? Markus kanske har halkat och stukat en fotled eller något liknande, men det borde väl vara hur enkelt som helst att se på en sjöis om någon blivit liggande därute? frågade Marie med alltmer ängslig röst.

-Vädret var tydligen helt okej här tills fyratiden igår, men sedan började det blåsa kraftiga vindbyar och de senaste tolv timmarna har det kommit cirka tjugofem centimeter snö, fortsatte polisen hon pratade med.

-Men ni kan väl dra ihop en skallgångskedja, typ missing people, eller hur har ni tänkt egentligen? Det är min fästman som saknas, ni måste hjälpa mig! sade Marie desperat.

-Saken är den, att vi har pratat med folk här som säger att isen är alldeles för tunn att ge sig ut på. Efter ovädret försvagades isen så pass på vissa platser att ingen är ute och fiskar på den idag. Igår var det blankis och eventuella svagheter syntes. Idag göms allt av en massa nysnö, så skulle en skallgångskedja ge sig ut på den, är det stor risk för fler olyckor.

-Vet ni om han var med bussen till Åre igår kväll, eller har ni inte hunnit kontrollera det? undrade Marie som nu inte kunde hålla tillbaka gråten.

- Vi pratade med chauffören nyss, och han kunde inte minnas att någon åkte med bussen som passade in på beskrivningen av Markus. Efter några sekunders tystnad fortsatte polisen med att säga:

Vi har inte hunnit kontrollera om han har sovit över här i Gäddede för att han kanske hade missat bussen. Hittar vi honom inte snart går det ut en efterlysning på honom. Försök att ha hoppet kvar, det finns fortfarande många möjligheter att vi ska finna honom välbehållen.

Vi återkommer så fort vi vet mer, sade polisen och avslutade samtalet.

Det var inte första julhelgen som Scott tillbringade på en anstalt, men en av de tråkigaste. Än så länge hade Louise inte gett med sig och låtit honom förklara det han så väl kände att han behövde säga.

Efter lite funderande kom han på att han kanske skulle ringa sin advokat, Annie Stolpe och prata lite med henne.

Efter så noggranna undersökningar som nu kunde göras i det besvärliga läget, så hade polisen inga som helst spår av Markus, uppgav de när de meddelade Marie. En yngre kvinna saknades också efter fisketuren, och inget tydde på att något brott hade begåtts. Framkom nya uppgifter skulle utredningen tas upp igen, men i nuläget antogs det att båda gått igenom isen och drunknat.

-Hej Scott!, ringer du och ska önska mig gott nytt år, eller vill du något speciellt? svarade Annie glatt efter ett par signaler.

-Hej Annie!, Jo jag har tänkt en del, och jag tror att du är den enda personen i världen som kan få mig lycklig igen, sade Scott allvarligt.

-Det låter djupt, låt höra, sade Annie förväntansfullt.

-Jag vill att du söker upp min fru och förklarar för henne att det inte är någonting mellan dig och mig. En gång när du besökte mig är jag rädd för att Louise såg dig ge mig en puss, och det kanske inte precis förbättrade mina odds, sade Scott.

-Ojdå, så fel det kan bli, förlåt mig. Jag tar gärna kontakt med Louise. Problemet är bara att jag nyss anlände till Thailand och blir kvar här tills i mitten på februari. Men jag lovar att snacka med henne så fort jag kommer hem.

-Ajdå, men bättre sent än aldrig, svarade Scott eftertänksamt.

-Har du förresten pratat med din arbetsgivare om du får komma tillbaka och jobba i vår? undrade Annie.

-Det ser väl ganska hoppfullt ut, men de kunde inget lova. Som alternativ tänkte jag att jag kanske kan börja som busschaufför eller svetsare. Jag och brorsonen går en sådan utbildning här på anstalten nu, svarade Scott.

-Det låter ju toppen! Du ska se att det löser sig med din fru också, jag ska förklara för henne så fort jag kommer hem, sade Annie, innan de avslutade samtalet.

Det var den fjortonde februari och i och med att Louise hade tre värkar inom tio minuter, så ringde hon förlossningsavdelningen.

-Då är det bäst att du kommer in! Du är välkommen, svarade en trevlig barnmorska.

-Snabbt kontaktade Louise ett par som hette Hans och Greta som lovat att ta hand om blodhunden Henrik när det var dags att föda. De var där på tio minuter, samtidigt som taxin hon beställt kom. Precis när hon satt sig i baksätet och bett taxichauffören att snabbt köra till förlossningsavdelningen på SÖS, förstod hon att det snart var dags.

-Jaaaa! vrålade Louise när en värk kom, som gjorde så fruktansvärt ont att tårarna sprutade på henne.

Plötsligt kom hon på att hon borde ringa sin mamma innan nästa värk kom, för att berätta att hon var på väg in. Det var mörkt i baksätet på taxin och Louises ögon var fortfarande tårfyllda, men hon var tämligen säker på att det var sin mamma hon ringde upp.

-Jag är på väg in till BB nu, det gör så förbannat ont, du måste hjälpa mig. Kom hit! skrek Louise högt i telefonen innan nästa värk kom.

Den här var minst lika kraftig och utan att hon reflekterade över det, så pressade hon sina händer ner i baksätet. Samtidigt tappade hon ner sin mobiltelefon på golvet, men lät den ligga kvar tills de kom fram. Förmodligen skulle hennes mamma höra henne ändå, och vid sjukhuset fick taxichauffören ta upp den, tänkte hon.

-Jag släpps ut om några timmar, och jag är så glad för att du ringer! Vill du verkligen att jag kommer? frågade Scott jublande av glädje för att hans älskade Louise äntligen ville veta av honom. Vad han sagt var det dock bara en konfunderad väktare på anstalten som hörde.

Jaaaa! vrålade Louise så högt att det gjorde ont i chaufförens öron, när nästa värk kom.

-Jag beställer en taxi till förlossningsavdelningen, försök att vänta med att föda tills jag kommer, för jag vill inte missa det här. Tror du att du kan det, älskling?

Jaaaa! skrek Louise samtidigt som de kom fram till sjukhuset.

-Hej Louise! Du har kämpat så hårt sedan du kom in här, så jag förstår att du är helt utmattad. Men nu har du sovit en halvtimme, så jag tänkte berätta för dig att allt gått bra. Jag vet inte riktigt hur mycket du kommer ihåg, men som du kanske minns så fick vi göra ett kejsasnitt på dig. Du sade då att du inte ville se när vi gjorde det, så vi placerade en avskärmningsduk framför ditt ansikte samtidigt som du fick maximal smärtlindring. Du verkade rätt så borta ett tag, kan jag upplysa dig om. Men som sagt, båda mår efter omständigheterna bra, sade den trevliga barnmorskan.

-Vad säger du, var det tvillingar menar du? undrade Louise.

-Nej, en liten pojke på tre och ett halvt kilo. Men din man kom ju in här när vi plockade ut honom, minns du inte det? frågade barnmorskan.

-Min man, Scott menar du?

-Javisst, vem annars, har du flera? tänkte barnmorskan utan att säga något. Allt tydligare märkte hon att Louise inte på långa vägar hämtat sig än.

-Var är han nu då? frågade Louise.

Han ligger i en säng ute i korridoren. När han fick se att vi snittade dig, så svimmade han och slog i huvudet i

golvet. Vi fick sy några stygn, men han repar sig bra.
Om någon minut flyttas ni in till ett annat rum, och då
kommer de in med er son. En läkare ville först
kontrollera så att allt är bra med honom, det är en
rutinåtgärd och inget att oroa sig för, fortsatte
barnmorskan.

När en sköterska rullat in sängen som Louise låg i,
lämnade hon ett meddelande skrivet på en lapp.

-Eftersom ni inte får ta emot besök på den här
avdelningen, får ni en lapp som en person insisterade
på att jag lämnar till er innan ni träffar er man.

I meddelandet stod det:

"Grattis till er son! Vill bara förklara för er att det inte
finns något som helst mellan er man och mig. Jag hade
nyligen blivit änka när ni såg mig ge er man en kram och
puss på hans kind, för att han visat så äkta medlidande.
Jag ber er att godta ursäkten, jag kan aldrig förlåta mig
själv om jag anses som vållande till att er son inte får
växa upp med båda sina föräldrar. Kram Annie"

När Louise läst färdigt, kom det glädjetårar för att allt
med en gång blivit så underbart bra! Hon och Scott hade
fått en son som skulle heta Jonathan!

Det var inte första gången Louise såg sin man utklädd
till oljeschejk, men förhoppningsvs den sista, tänkte hon
när Scott kom inrullande i en rullstol.

-Det frestar på att föda barn, det ser ut som om du
drabbats hårdare än jag! Har du brutit benen också, eller
varför sitter du i en rullstol? undrade Louise oroligt.

-Nej det är bara huvudet jag har slagit i. Men läkaren
tyckte att jag skulle åka rullstol så länge jag var kvar på

sjukhuset. Hon befarade nämligen att jag kanske svimmade fler gånger här, och eftersom de inte hade någon skyddshjälm till mig så var det säkrast att jag förflyttar mig i den här.

Plötsligt kom läkaren in med lille Jonathan till dem. Han var femtiofyra centimeter lång och mådde fint, upplystes de om.

-Underbart och så himla fantastiskt, utbrast Scott!

-Ja, det här är den lyckligaste stunden i mitt liv! sade Louise och lade försiktgt Jonathan på sig.

-Jag älskar dig Louise, sade Scott och böjde sig fram och kysste sin fru.

-Jag älskar dig, sade Louise och kysste Scott.

Efterord

"SCOTT EFTERDYNINGEN" är den avslutande boken av trilogin om Joakim Scott. Under cirka åtta månader av hans liv har vi följt honom då det har hänt en hel del. Ingen vet ju säkert något om morgondagen, men vi hoppas att Jonathan får en trygg uppväxt med Joakim och Louise Scott.

En minst sagt spännande framtid väntar dock helt klart för Oskar! För tillfället har han ett par månader kvar av sitt fängelsestraff på anstalten i Nyköping.
Vad som händer Joakim Scotts brorson där och den närmaste tiden efteråt, fick vi inte veta i den här boken, men förmodligen i den kommande!

Besök gärna min hemsida;

forfattarematsgustafsson.wordpress.com